19.88

LUISA FRANCIA

AUF DER ANDEREN SEITE DER HAARESBREITE

FRAUENOFFENSIVE

Fotos: Herlinde Koelbl

1. Auflage, 1994

(Knollerstr. 3, 80802 München)

ISBN 3-88104-252-0

Druck: Clausen & Bosse, Leck
Umschlaggestaltung: Frauke Bergemann, München
unter Verwendung eines Motivs von Luisa Francia

Dieses Buch ist gedruckt auf Papier aus chlorfrei gebleichtem Zellstoff.

INHALT

GEWIDMET:

– Tiga und Runa, die sich kurz nacheinander auf die andere Seite der Haaresbreite aufmachten
– den Kieselsäuren, den Walen, den Schachtelhalmen, den Farnen, den Kakerlaken und den Ratten (den Ältesten)
– Gerd Eva Lillo, Marie-Theres Mächler und Claudia Meyenburg, denen ich den Titel verdanke (aus: Sophias wundersame Katzen)

Zum Geleit:

Zwei sitzen auf einem Baum und sägen an dem Ast, auf dem sie sitzen. Kommt unten eine Frau vorbei und sagt: He, was macht ihr da. Ihr müßt doch bescheuert sein, gleich kracht ihr mit dem Ast runter.

Der, der sägt, sagt: Sei du nur still, wir wissen schon, was wir tun.

Nach einer Weile bricht der Ast, und beide fallen runter. Sie stehen noch ganz benommen herum, als die Frau wieder vorbeikommt.

Schau mal, sagt einer der Abgestürzten, da kommt die Wahrsagerin.

Wiederbelebung

Zerstreut in viele Teile Schmerz Blicke
einzeln Knochenzeug & Haut & Haar & Angst
verlassen & verlassen werden
setz ich mich neu zusammen
steig in einen Trog aus Wasser Schweiß Urin
& 1 Teil Rosenöl Orangenblüten Nelken
Walfischtran
1 Teil Korianderkraut Muskat
2 Knöchelchen & braune Erdpigmente Froschgesang
Quark Hirse Schreie von den Gänsen und Gorillas
Fuchsblicke Marderhaare Geier
Katzenaugen süße Berührung & Salbei
Pergamentgewisper & das Kratzen eines Füllers
auf Papier Uhrenticken & -ersterben eine
klare schwere Stimme Sonnenstrahlen
Mondlicht auch von Sicheln
Sichelmesser & nicht
zu vergessen Hühnerfell und Krallen
ich wetze meine Rasseln wecke Steine
höre den Gesang der Haut
das Tosen meines Bluts
den Schrei der alles niederreißt und neu
beginnt in vielen Häuten Fellen
Schattenbalg nachtschwarze Räuberin
heut' werd' ich neu und ganz
die meinige.

Um Haaresbreite

Ich saß im Bett, das Notebook (oh, natürlich, ich sollte erklären, daß ein Notebook ein kleiner Computer ist und daß ich mich nun doch durchgerungen hatte, mir einen solchen anzuschaffen, weil er mir erlaubt, im Bett herumzufaulenzen und dennoch meine Gedanken niederzuschreiben, ohne mir dabei Blutergüsse zu holen oder in Papierstapeln zu ersticken) – also: das Notebook am Hals oder, besser gesagt, auf dem Schoß, das Frühstückstablett neben mir, und wollte anfangen, über Magie zu schreiben, Magie – die mißverstandenste Kunst überhaupt. Mit Simsalabim und Abrakadabra, mit Tricks und Augenwischerei hat sie überhaupt nichts zu tun. Nichts mit der persönlichen Macht und nichts mit dem eigenen Willen, nichts damit, Geister per Befehl schuften zu lassen und zu unterwerfen.

Ist sie nicht vielmehr ein Gesang, der an deiner Haut anbrandet? Einen Herzschlag lang der gemeinsame Atem aller Wesen? Eine Tür, die sich plötzlich dorthin öffnet, wo gerade eben noch nichts war? Eine Landschaft von Zeit und Raum, in der die Wissenschaft einfach rein gar nichts messen kann. Ein zarter Hauch, der aus einer Mücke einen Elefanten macht, der auf allen Vieren alle Fünfe gerade sein läßt. Magie heißt, das Wahre zu sagen, das Gesagte wahrzumachen, das übel Gesprochene zu binden und zu bannen und schließlich in einzelne Buchstaben aufzulösen, so daß es neu geformt werden kann.

Magie ist die Fähigkeit zu lauschen, zu losen, wie wir in Bayern sagen, und das hat weder mit dem Lotterielos noch mit dem Seemannslos etwas zu tun. Wer losen kann, versteht mit einem Mal allerlei Äußerungen, nimmt sie für bare Münze, wird reich oder auch mal weich, je nach Wetter. Und da wir nun mal Teil von einem Ganzen sind, ist die magische Kunst auch An-Teil-Nehmen und Mit-Fühlen, so daß das Ganze sich immer neu zusammensetzen und wieder teilen kann. Wie aber kann das Ganze stimmig sein, wenn das kleinste Einzelteil nicht stimmt? Und so ist die Magie auch die Wahrhaftigkeit im Detail, die Genauigkeit im Fühlen, Sehen, Hören, Riechen, Schmecken und der Mut, das Wahrgenommene in der Welt zu behaupten, die Verwegenheit, das Erkannte zu achten und neu zu gestalten, die Heiterkeit im Gelingen und im Scheitern. Magie braucht das richtige Wort zur rechten Zeit und das Schweigen, die Lust am Verwandeln und Wenden und Sein-lassen.

Und die Zeit ist ein Suppenteller, in dem alle Ereignisse miteinander schwimmen und sich berühren. Wer daraus ißt, ißt immer ein wenig von allem mit. In der Magie ist das Wort „unmöglich" der Code für: Ich mag nicht. Möglichkeiten werden gar nicht erst erwogen. Denn die wahre Kunst der Magie liegt im Absichtslosen. Spielerisch bauen wir Ziele auf, um sie elegant zu ignorieren, und wenn's um Alles geht, setzen wir Nichts ein.

Gerade hatte ich mühsam den ersten Satz eingefangen, da kam das Desaster: Marmelade überall. Du wirst sagen, daß es keine besonders gute Idee ist, mit einem Notebook im Bett ein finnisches Knäckebrot mit Quark und Marmelade (Pfirsich!) zu essen. Doch, grundsätzlich ist die Idee nicht schlecht, weil diese Kombination mehrere Genüsse vereint.

Aber Marmelade hat eine ganz eigene Energie: Du versuchst, sie zu begrenzen, du wischst mit der Hand ein wenig herum, da hast du alles an der Hand, und weil du gerade ein Haar aus dem Gesicht zupfen mußt, hast du auch noch Marmelade an der Wange, dann stellst du das Notebook weg – Marmelade überall auf den Tasten. Die Verzweiflung wächst, denn wo der Computer steht, ist jetzt auch überall Marmelade. Decke weg und feuchten Lappen holen – überall an der Decke Marmelade. Mit dem Lappen habe ich gestern mit Essig den Wasserkocher entkalkt, ich wische die Marmelade weg, alles riecht nach Essig... Ich hab's nicht so gern, wenn sich Marmelade, Essig und elektronisches Schreibteil gegen mich verbünden, aber wenn dann auch noch das Telefon läutet, kann mich das zum Aus-der-Haut-Fahren bringen (der Löffel fällt auf den Boden, ich steige aus Versehen drauf, stolpere, fluche). Am anderen Ende der Leitung – oder ist das auch eine Illusion? – spricht eine Frau über die Magie der Stoffe und darüber, daß ich etwas über Mode schreiben soll, weil ich mal gesagt hatte, Kleidung sei der Außenraum meiner Seele.

Eigentlich wollte ich über Magie schreiben. Jetzt schreibe ich über Marmelade. Eben, sagt die Marmelade. Hättest du gleich beschlossen, über Marmelade zu schreiben, hättest du dir die ganzen Komplikationen an einem Montagmorgen sparen können.

Du sagst mir vielleicht: Hättest du nicht im Bett gefrühstückt, wäre dir die ganze Sauerei erspart geblieben. Möglich. Aber dann hätte ich nie herausgefunden, wie empfindlich Marmelade ist, und die Frau hätte mich nicht angerufen, um mir den Zusammenhang zwischen Gewebe und Magie in Erinnerung zu rufen. Hätte sie doch? Nein, sie hat nur angerufen, weil die Marmelade so übermütig war und sehen wollte, wie viele Komplikationsbausteine sich in einem menschlichen Organismus anhäufen lassen, ehe der ganze Turm einstürzt.

Die Marmelade allerdings bekam diese einmalige Gelegenheit ja nur, weil ich über den Changdenkönig Gyatse schreiben wollte. Und der war mir in der Nacht in den Traum gesprungen...

Der Changdenkönig Gyatse

Es gibt in Wirklichkeit vermutlich keine Changden, und sie, die es nicht gibt, haben keinen König. Es gibt den Namen Gyatse wahrscheinlich auch nicht. Also einigen wir uns darauf, daß ich nun von einer Angelegenheit spreche, die es nicht gibt, die sich aber nachhaltig auf mein Leben auswirkte. Und damit meine ich nicht die Marmelade. Ich erwachte eines Morgens, eben an jenem Morgen, aus einem Traum, der so seltsam gewesen war, daß er mich den ganzen Tag beschäftigte.

Ich ritt auf einem Ochsen über eine Steppe oder Hochebene, zu beiden Seiten meines Wegs türmten sich Berge auf, und doch war die Ebene weit. Ich fühlte mich verloren. Ich hatte mich in dieser Hochebene, in diesem Traum, verirrt. Ich war aus meinem Koordinatensystem gefallen und kannte mich nicht mehr aus. Das ergibt in einem Traum eine recht bedrohliche Stimmung. Alles könnte passieren. Ich spürte, wie ich den Traum wenden wollte, wie ich ihn beenden wollte, wie ich mich aus dem Traum herauswecken wollte, aber es gelang nicht. Ich stand unter einem fremden Einfluß, der ließ nicht zu, daß ich erwachte, also ritt ich weiter. Übrigens war die Geschwindigkeit meines Ochsenritts quälend langsam, oder um es anders zu formulieren, der Ochse und ich kamen praktisch überhaupt nicht vorwärts. Ich saß einfach auf ihm, und er stand in der Landschaft.

Plötzlich – eine Staubwolke weit hinten am Horizont. Sie kam auf mich zu, angezogen von meiner Erwartung vielleicht. Glöckchengeklingel. Ich sah eine Art Schubkarre, gezogen von zwei schwarzen langhaarigen Yaks. Auf dem kleinen schäbigen Karren saß ein Mann, prächtig anzusehen, in Lederumhang und grobe Tücher in roten und goldenen Farbtönen gehüllt. Auf seinem Kopf trug er eine rote Filzmütze, auf die Eisenteilchen aufgenäht waren, die in der Sonne funkelten. Er stieg von seinem Wagen ab, als sei's eine Kutsche. Er lächelte mich an. Ich saß ein bißchen blöd auf meinem Ochsen rum und stieg deshalb auch ab. Jetzt sagte er also: Ich bin der Changdenkönig Gyatse. Ich nickte. Was sollte ich sagen?

Wo ist deine Norbu-Perle? fragte er zu meiner Überraschung. Ich hatte mir gerade überlegt, ob ich nicht vielleicht doch besser aufwachen sollte, ehe sich die Lage zuspitzte, aber jetzt interessierte mich dieser König, der auf einer Schubkarre daherkam. Denn daran erinnerte ich mich sogar im Traum: Die Norbu-Perle hatte ich.

Das war so gekommen: Mit Freunden hatte ich einen Film im Annapurnagebiet gedreht (ganz real, im wirklichen Leben). Eines Abends spazierten die Frauen des Teams durch das zauberhafte kleine Dorf auf etwa dreitausend Metern Höhe in Grenznähe zu Tibet, wir kamen zu einem Laden – eigentlich mehr einer Bude. Ein Junge bot verschiedene Steine, Ketten und gewebte Stoffe an. Wir suchten ein wenig herum, als mir plötzlich eine unauffällige, schlichte, eigentlich ganz und gar uninteressante Steinperle unter die Finger kam. Sie lag einfach so, vermutlich schon jahrelang, zwischen verstaubten Gefäßen im Hintergrund eines Regals.

Ich holte sie hervor. Was kostet die? fragte ich. Der Junge betrachtete die Perle bestürzt. Er hatte sie noch nie gesehen. Er wand sich und meinte, es gäbe doch so viele andere Dinge, die solle ich kaufen, nicht diese häßliche braune Perle da. Er wisse auch gar nicht, was sie koste. Er nahm sie mir aus der Hand und legte sie wieder in den Hintergrund des Regals zurück.

Die Perle ließ mir nun aber keine Ruhe. Ich liebe Steine leidenschaftlich und besonders alte Steine, für die außer mir oft niemand Interesse hat. Und vor allem kann ich die Kraft in Steinen spüren. Und in dieser Steinperle fühlte ich soviel Kraft, daß ich es nicht schaffte, einfach weiterzugehen. Ich beharrte also darauf, daß ich einen Preis wissen wolle. Der Junge schloß mürrisch den Laden und bedeutete uns, zu warten, bis er mit dem Vater zurückkäme. Der wisse Bescheid. Als die beiden schließlich kamen, hatte sich die Geschichte dieser seltsamen Perle herumgesprochen, und viele Dörfler waren zusammengekommen, um den Ausgang des Handels zu verfolgen.

Der Vater nahm die Perle in die Hand, schaute sie genau an. Ein fast zärtliches Lächeln überflog sein Gesicht. Wir hatten uns zusammen mit den DorfbewohnerInnen um ihn geschart. Das ist eine Norbu-Perle, sagte er schließlich feierlich. Es gibt nicht viele Norbu-Perlen. Der Dalai Lama hat eine Trinkschale aus diesem Material. Meine Ur-Ahnen waren Nomaden in Ost-Tibet. Diese Perle wurde für meinen Ur-Ur-Ur-Großvater hergestellt. (Wir warteten, bis alles übersetzt war.) Er war ein Stammesfürst. Hatte viele Tiere. Yaks, eine ganze große Herde. Die Perle wurde immer dem Sohn weitergegeben, der die Herde übernahm. Die Dorfleute bekamen leuchtende, glasige Augen. Vor ihrem inneren Blick tauchte Tibet auf, die Alten konnten sich noch erinnern, in den Jungen lebte die Erinnerung durch die Erzählungen der Mütter und Großmütter. Wir wurden vertrieben. Ich war der letzte Sohn des Stammes, der noch in Tibet gelebt hatte. Mein Sohn ist bereits hier geboren. Unsere Herden sind zerstreut, der Stamm ist nur noch ein Bild der Vergangenheit.

Nachdenklich, verträumt begannen die Leute zu kommentieren und zu erzählen, längst übersetzte niemand mehr für uns. Bittere Ausrufe, eine Anekdote, Gelächter. Wir waren wie in einem Zaubergewebe gefangen, und ehe die letzte Geschichte nicht erzählt war, konnten wir uns nicht fortbewegen. Es war Nacht geworden. Eine kleine Petroleumlampe erhellte notdürftig den engen Raum, in dem sich jetzt so viele Menschen zusammendrängten. Schließlich sagte der Mann, dem die Norbu-Perle vererbt worden war: Ich kann dir diese Perle nicht verkaufen. Sie ist Tausende und Tausende Dollar wert oder gar nichts. Für mich ist sie ein Stück Heimat. Sie ist Tibet. Ich habe keine Herden mehr, ich werde Tibet vielleicht nie wiedersehen.

Natürlich wollte ich nach dieser Geschichte die Perle gar nicht mehr haben. Wir waren gerührt und ergriffen von der Wirkung, die die simple Frage nach dem Preis der Perle gehabt hatte. Du solltest die Perle nicht hier im Laden liegen lassen, sagte ich. Trage sie. Belebe sie doch wieder. Laß dich von ihr beleben.

Er lächelte traurig. Ich kann sie nicht tragen, weil ich es nicht ertrage, der erste meines Stammes zu sein, der keine Herde und kein Weideland mehr hat.

Alle zerstreuten sich in melancholischer Stimmung. Tief unten rauschte der Kali Gandaki-Fluß. Der mörderische Wind, der tagsüber alles rupfte und zerzauste, hatte sich gelegt. Auf dem unendlich dunklen Firmament leuchteten die Sterne klar und kühl.

Wir gingen in unser Wirtshaus, tranken Bier und redeten über diese eigenartige Begebenheit. Als wir schon ziemlich angeheitert waren, öffnete sich plötzlich die Tür. Der Ladenbesitzer stand mit einer Gruppe Männer und Frauen in der Tür. Zuerst erschraken wir, weil sie so grimmig schauten. Sie kamen in die Gaststube, setzten sich zu uns und riefen dem Wirt etwas auf tibetisch zu. Der Mann legte die Norbu-Perle auf den Tisch. Du sollst sie haben, sagte er. Ich protestierte. Ich wollte sie nicht, ja, mehr noch, nach all den Erzählungen von Tibet hätte ich es gar nicht ertragen, die Perle zu haben, zu welchem Preis auch immer. Wir tranken zusammen, und als wir sturzbetrunken waren, gingen die tibetischen Gäste schließlich nach Hause.

Am nächsten Abend, nach anstrengenden Dreharbeiten zwischen Gerstenfeldern saßen wir wieder zusammen im Wirtshaus, als erneut die Tür aufging und der tibetische Händler hereinkam. Wieder legte er die Perle auf den Tisch und sagte: Ich weiß, daß du diese Perle haben mußt. Ich muß gestehen, daß wir vermuteten, er wolle den Deal seines Lebens machen und habe die Geschichte nur aufgebaut, um den Preis hochzutreiben. Was willst du dafür haben? fragte ich. Es stellte sich heraus, daß er lediglich ein T-Shirt und etwas Verbandszeug und Aspirin wollte. Ich protestierte. Der Tibeter und seine Freunde luden uns zu etwas ein, das Mustang-Coffee heißt und in seiner umwerfenden Wirkung dem alpenländischen Jager-Tee nicht unähnlich ist. Wir tranken Mustang-Coffee, redeten von Tibet, von der Welt und den Göttern. Wir lachten und tranken, und schließlich hatte er mich so weit: Ich gab ihm ein blaues T-Shirt, Verbandszeug und Aspirintabletten und bekam die Norbu-Perle. Als ich schlafen ging, war ich einer Ohnmacht näher als einem Rausch.

Ich hüte die Perle wie meinen Augapfel, sagte ich also zum Changdenkönig Gyatse in meinem Traum. Er lächelte. Er begann, in einer fremden Sprache zu sprechen, und ich fing an zu verstehen. Ich hole dich nach Tibet, sagte er. Du wirst kommen und mein Land kennenlernen. Dann sprang er in die Luft, wobei die Eisenteilchen auf seiner Mütze klirrten. Ehe er auf der Erde wieder aufkam, erwachte ich.

Das Kosmische Wirtshaus I

Stellt euch drei Steine vor, sagte ich, drei Steine. Und jetzt zwei Bäume. Zwei Bäume. Und jetzt liegt da ein Boot... Ich führte eine Gruppe von Frauen in eine tiefe Entspannung und in eine Phantasiereise. Wir gingen an einen Ort, an dem jede Frau eine Begegnung suchen konnte. Ich klinkte mich aus und stand plötzlich selbst vor einem steinernen Haus, mitten in einer Art Bambuswald. Das Haus hatte ein geschwungenes Dach, sah japanisch aus. Vor dem Haus lagen große Steine, und vor einem kleinen Schrein brannte ein Feuer. Aha, Japan, dachte ich, jetzt kommt irgendwas mit Zen, vermutlich.

Ich betrat das Haus. Es war ganz leer. Der Holzfußboden war glänzend, abgetreten. Ich spielte ein bißchen mit meiner Phantasie, die meine Mutter immer als blühend bezeichnet hatte. In der Mitte könnte eine steinerne Feuerstelle sein, dachte ich und imaginierte sie mal so hin. Daneben, dazu passend, ein Wasserbecken mit einer alten Steineinfassung. Als ich mir mein Werk gerade zufrieden anschaute, stand plötzlich eine Frau vor mir, Zöpfe, rotbraunes Kleid aus dickem Stoff, bunte Ketten.

He, sagte sie, was fällt dir ein? Wieso baust du hier eine Feuerstelle und ein Wasserbecken hin?

Das ist doch mein Haus, sagte ich. Es ist meine Phantasiereise und mein Haus.

Sie lachte. Zufällig, sagte sie, ist das ein Wirtshaus,

und ich, Urta, bewohne es. Und jetzt nimm gefälligst diese Anbauten da raus.

Ich war bestürzt. Schämte mich. Ich war immer der Meinung gewesen, was mir auf spirituellen Reisen und Trancen begegnet, gehört mir, ist von mir beliebig zu gestalten und zu benutzen.

Urta lachte nur. Hier ist noch Kohle, sagte sie und deutete auf ein Stück Holzkohle, das aus meiner Imagination gefallen war. Ich wischte den Holzboden wieder sauber. Das Wirtshaus füllte sich. Gestalten traten ein, setzten sich auf Sitzgelegenheiten, die sie sich offenbar nach Bedarf vorstellten.

Da hinten, sagte Urta grinsend, sitzen zwei Bekiffte. Sie kommen jeden Tag, aber sie bestellen nie was. Sie sind sogar zu blöd, sich einen Sitzplatz zu erfinden.

Was machen die hier? fragte ich.

Na, die verirren sich, sagte sie. Die wissen gar nicht, wo sie sind. Du ja auch nicht. Ihre Augen glänzten tückisch, als sie mich prüfend musterte.

Was heißt nicht? Ich bin zu einem Ort der Begegnung gegangen. Das war zufällig dieser hier, sagte ich.

Zufällig, sagte sie. Daran, daß wir dieses Wirtshaus mal zusammen geführt haben, erinnerst du dich nicht?

Alle meine festen Bezugspunkte begannen zu wanken. Wir beide? stammelte ich.

Ja, meine Liebe. Und du hast mich einfach zurückgelassen, weil du es geiler fandest, in einem Körper zu wohnen. Ich starrte sie an. Das hast du jetzt davon, sagte sie und grinste wieder.

Und wie heißt du nochmal? fragte ich unsicher.

Urta, sagte sie. Urta.

Und ich, wie heiße ich? fragte ich.

Meine Güte, sagte sie. Nicht mal das weißt du? Na, wie heißt du?

Luisa? versuchte ich es.

Meinetwegen, sagte Urta. Du hast dich dran gewöhnt. Ich werde mich auch dran gewöhnen.

Der Raum war jetzt ziemlich voll. In der Mitte, wo eigentlich nach meiner Auffassung die Feuerstelle hingehörte, saßen ein paar tibetische Mönche und tranken Tee. Urta lächelte.

Sie sind süß, findest du nicht? Wenn sie hier sind, meinen sie immer, sie sind erleuchtet.

Einem in der Ecke brach der Schweiß aus.

Was ist mit dem los? fragte ich.

Der strengt sich tierisch an, um hierher zu kommen. Er meint, es ist wahnsinnig schwer. Er hat sechzig Tage gefastet und Dauerlauf gemacht. Er ißt nichts, er trinkt nichts, er schaut sich nicht um, schon meine Zöpfe sind ihm zuviel Ablenkung.

Sowas! sagte ich.

Originell! sagte Urta. Hält natürlich nicht lang durch. Er rackert sich her und rackert sich wieder zurück. Sie schüttelte den Kopf und streichelte im Vorbeigehen einen Fisch, der sich auf dem Boden niedergelassen hatte.

Mußt du die alle bedienen?

Urta lachte laut auf. Was denkst du, wo du bist? Wer sich nicht selbst bedienen kann, löst sich einfach auf.

Die Kiffer waren schon weg. Ein weißgekleideter Asket saß da und kämpfte mit seinen Körperumrissen.

Der macht's auch nie lang, kicherte Urta.

Die Tibeter tranken immer noch Tee und erzählten sich Witze. Kennt ihr den, sagte einer, kommt ein Skelett an die Bar und sagt: Eine Halbe Bier und einen Putzlumpen. Ein ganz dicker kleiner Mann tanzte rein und juchzte. Die Tibeter freuten sich. Schon war er wieder weg.

Plötzlich öffnete sich die Tür, und ein Haufen lachender Frauen drängte herein. Eine öffnete eine Flasche Champagner. Einfach kosmisch! gackerte eine. Aus der Flasche floß eine Art Lava, von der alle ganz glänzende Augen bekamen. Durch die Fensteröffnung flog eine Käsescheibe mit mehreren Maden drauf. Na, ihr Süßen, rief eine Frau, geht ihr wieder auf die Milchstraße naschen? Flupp, weg waren sie. Der Asket wurde blaß und durchsichtig, Urta winkte ihm zu. Nur noch die Frauen und einige Mäuse waren im Raum. Urta streckte sich auf den Holzdielen aus. Feierabend, seufzte sie glücklich.

Was machst du eigentlich hier? fragte ich verwirrt.

Die Frauen hatten angefangen, Karten zu spielen, im Spiel waren nur Dreien, Fünfen, Siebenen und Neunen, und gezählt wurde nach einem verwirrenden System.

Ich schließe gelegentlich jemandem die Tür auf, sagte Urta.

Muß Scheiße sein, wenn man keinen Schlüssel hat, kicherte eine der kartenspielenden Frauen und knallte eine Karo-Fünf auf den Tisch. Eine Hirschkuh setzte sich zu den Frauen und wurde gekrault. Urta winkte mir, wir gingen in die Küche, wo endlich eine Feuerstelle mitten im Raum war, wie ich sie gern wollte.

Komm, wir kochen was, sagte sie.

Wie? fragte ich. Sie nahm einen bauchigen Tontopf, der vom Feuer schon ganz schwarz war. Zuerst lachte sie hinein. Dann holte sie mit der linken Hand Kräuter aus der Luft und ließ sie in den Kessel fallen. Dann setzte sie sich davor und sprach hinein: Erinnerung, Erinnerung, Honignahrung, Sehnsucht, Sehnsucht, fettes Glück und durchwachsene Augenblicke, scharfe Krallen, Wolkenreisen, unüberwindliche Durchlässigkeit. Dann spuckte sie hinein, und ich mußte das gleiche tun. Dann ließ sie aus den Fingerspitzen Lavaströme schießen, und der Kessel kochte den Inhalt zu einer goldgrünen Flüssigkeit.

Und? fragte sie. Was gibst du dazu?

Ich knurrte hinein.

Sie lachte auf. Für den Anfang nicht schlecht. Wir trugen beide den Topf in den Gastraum. Die Frauen warfen die Karten zusammen. Morgen koche ich, sagte eine.

Sag mal, hast du nicht irgendwo eine Gruppe rumliegen? fragte eine dicke, erdverkrustete Frau.

Soll ich sie holen? fragte ich. Urta sah mich spöttisch an.

Holen! Erinnerst du dich vielleicht – zufällig –, nur wer den Weg findet, kommt. Mit Holen, Schicken und dergleichen läuft gar nichts.

Obwohl draußen auf dem Kompost noch Platz für verlorene Seelen wäre, grinste eine Weißhaarige.

Die Tür flog auf, und ein Mann, dem die Haare zu Berge standen, stürzte zu Boden.

Steh auf, sagte Urta.

Wer sagt mir das? fragte der Mann.

Die Wirtin, sagte Urta.

Ich geh, wann ich will, sagte der Mann.

O ja, sagte sie. Paß bloß auf, daß du nicht irgendwo unterwegs deine Substanz verlierst, falls du noch welche hast. Und, äh... nimm dein Spritzbesteck mit.

Zu dünn schon, um noch etwas zu sagen, trieb er hinaus. Ein Vogel setzte sich aufs Fensterbrett und sang ein wundervolles leichtes Lied. Da sah ich in der Ecke einen ganz alten Mann, der sein Gesicht dem Vogel zuwandte. Er lächelte. Urta fing meinen fragenden Blick auf.

Er ist Teil des Holzes geworden. Die Kiffer setzen sich immer auf ihn, weil sie ihn nicht wahrnehmen. Aber er nimmt sie auch nicht wahr. Sie sind ihm kein Gewicht. Nichts ist ihm Gewicht. Er ist blind, er lebt in ekstatischen Wellen, die ihn manchmal auf Reisen schicken. Dann ist er wieder so sehr Teil des Wirtshauses, daß ich denke, er war schon immer da, nie weg.

Eine Katze machte sich über den Rest der Suppe aus dem Tontopf her. Feen schwebten durch die Mauern und ließen sich überall nieder. Eine hauchzarte, blaue, durchsichtige schaute auf ihre Swatch und sagte: Vierundzwanzig Minuten. Ich glaube, es wird Zeit, daß du die Frauen wieder aus ihren Träumen holst. Ich winkte ihr zu. Kurz leuchtete eine Bahnhofsuhr an der Wand auf, alle grinsten.

Immer wenn's spannend wird, muß ich arbeiten, maulte ich.

Eine Fee reparierte ein Spinnennetz. Hau endlich ab, sagte sie, damit wir Wiedersehensfreude entwikkeln können.

Urta zwinkerte mir zu. Hatte ich Lust, dazubleiben!

Sieben bricht, eins sticht, fünf ficht! sagte eine der Kartenspielerinnen.

Und nimm ein bißchen Müll mit rüber, sagte eine andere, zum Beispiel die Wahnvorstellungen, die einer vor die Tür gekotzt hat.

Traumzeit

Das ewige Problem mit der Zeit! Während ich in Zeit-Räume treibe, die Vergangenes und Kommendes miteinander verbinden, während ich träume, läuft die Realzeit weiter, ich vergesse Verabredungen, weiß das Datum nicht, geschweige denn die Uhrzeit... Mein Körper lebt eine ganz andere Art von Zeit, Joghurt-Zeit, Fahrradfahren-Zeit, Frühling, Süß-Zeit... Ein schrecklicher Augenblick dauert eine Ewigkeit, ein schöner Nachmittag vergeht im Flug und schneller noch eine Liebesnacht.

Was das mit Magie zu tun hat? Sehr viel, alles, vielleicht. Denn da, wo Gestalt gewandelt und Formen verändert werden, muß frei fließen können, was wir Zeit nennen. Ich weiß, du willst nicht in die philosophischen Faltenwürfe der magischen Zeit verwickelt werden. Du willst ein Rezept. WIE wird gezaubert?!

Der Glaube reicht, um zu hassen, aber er reicht nicht, um zu lieben, sagt Louis Cyphre in dem Film „Angelheart". Bist du deiner Gedanken mächtig? Die Phantasie reicht immer für das Schreckliche, aber nicht für das Wunderbare und praktisch nie für die neue Gestaltung. Wenn du gerade dabei bist, ein zauberhaftes Bild deiner Zukunft zu entwerfen, springt die Wut dazwischen oder gar die Abwehr: Nur das nicht! Schon ist es drin.

Traumzeit hat einen eigenen Rhythmus und eigene Begrenzungen, die nichts mit der Zeit in einem Kalender zu tun haben. Tauche ich in die Traumzeit ein, kann es durchaus passieren, daß ich das Vergehen der realen Zeit nicht bemerke oder falsch einschätze (das war letzte Woche – nein, es war in Wirklichkeit vor einem halben Jahr...).

Um etwas in der Realität verändern zu können, muß ich aber in die Traumzeit gehen, denn nur dort, wo alles geträumt wird, können die Träume so gestaltet werden, daß sie eine andere materielle Form annehmen.

Während ich träume und die verschiedenen Zeiten zu einer Lebens-Collage verbinde, vergehen die Wochen, die Verabredungen, die Enttäuschungen, das Glück. Aus der Vergangenheit wachse ich und verdichte die Zeit mit Erinnerungen. Wo ich glücklich war, wohnt auch meine Kraft. Ich wandere zu den glücklichen Ereignissen meines Lebens und schöpfe aus den Quellen meiner Kraft, und die Zeit vergeht.

Was das alles mit Magie zu tun hat? Geduld. Wie willst du Gebieterin über deine Gedankenströme sein, wie willst du deiner Wünsche mächtig werden, wenn du deine Ge-Zeiten nicht kennst? Denn das Wichtigste beim Wirken von Magie, beim Gestalt-Wandeln und Verändern der Ereignisse ist das klare Bild. Da die Formen nur in der Traumzeit, im Schwebezustand zwischen Himmel und Erde, zwischen Wachen und Schlafen sozusagen, gewandelt werden können, mußt du wissen, wie du in die Traumzeit eintauchen kannst, und einmal dort, ist es nicht unerheblich, deiner Gedanken mächtig zu sein. Zum Vertrauen in deine Fähigkeit, zu visualisieren und Bilder zu rufen, heraufzubeschwören, kommt jetzt die Unerschütterlichkeit der Bildgestaltung. Je mehr störende Einflüsse, Zweifel oder gar verneinende Impulse in die Visualisierung einfließen, um so verschwommener die Form, die gestaltet werden soll. Angst, Frust, Trauer, Wut, Gier, Neid, Ungeduld können zerstören, was deine kreative Kraft entwirft. Keine Gewalt! heißt schlicht: Gewalt. Denn was genannt ist, existiert.

Frauen wollen mit Magie umgehen lernen, weil sie voller Wünsche sind. Aber wehe, eine Fee kommt und wirft drei Wünsche hin! Es gibt wohl nichts Schwereres, als weise zu wünschen. Wer wünscht, gestaltet Wirklichkeit. Die Wirklichkeit, die du gestaltet hast, kannst du nicht auf andere abschieben. Niemand ist schuld. Du bist deines Glückes Schöpferin. Ich hatte nie eine Chance! wird zu: Ich gebe mir eine Chance. Für eine glückliche Kindheit ist nie zu spät. Aber jetzt kannst du auch die Verantwortung für dein Wünschen und Sehnen, für die Gefühle, die du anstrebst, übernehmen.

Spielen und zugleich genau wissen, was du spielst und wer du darin bist, ist die Grundvoraussetzung für einen gelungenen Zauber. Versuch nur, dich irgendwo hinzustellen und zu sagen: Ich bin eine Königin, trage eine Krone aus vielen Fähigkeiten, wo ich meinen Arsch hinsetze, ist mein Königreich, und alle anderen sind Abgesandte fremder Königreiche. Wenn du dir das glaubst, kannst du einen Schritt weiter gehen. Lehm mit etwas Menstruationsblut vermischt gibt eine schöne Schicht auf der nackten Haut (du kannst auch Ziegelstaub nehmen, der ist nicht ganz so persönlich, aber beim Zaubern geht nichts über rückhaltloses persönliches Da-Sein). Die vier Elemente werden gern gerufen, jetzt, da sie sich daran gewöhnt haben, als vier Elemente in die Geschichte der Menschen eingegangen zu sein. Ich rufe zudem die Steine, den Himmel, den Boden unter den Füßen und mein Herz.

Die Körperbemalung macht dich dramatisch sichtbar für die Wesen der anderen Welt, du kannst das mit Rasseln und Singen unterstützen. Gut kommt immer wieder ein Schutzkreis, gedacht, in die Erde gegraben, durch Steine ausgelegt. Nur wenn du dich selbst geschützt fühlst, bist du auch wirklich geschützt. Dieser erste Teil des Unternehmens ist einfach und lustig. Das Stampfen deiner nackten Füße auf der Erde oder das Klopfen deiner Hände auf den Boden, auf Steine oder auf einen Baumstamm gibt deine Visitenkarte in den anderen Ebenen ab. Begleittiere, dazu gerufen, sind manchmal verblüffend real. Keine Angst – selbst Raubtiere stehen Ritualen, wie ich in Afrika erleben durfte, mit Neugier und Interesse gegenüber.

Der weitere Verlauf des Rituals und vor allem der Wanderung in andere Zeit-Räume hängt sehr von der persönlichen Tagesform ab. Ich habe Rituale schon frustriert abgebrochen, weil ich mir einen Dorn eingetreten hatte. Andererseits bin ich auch in Welten getanzt, die mir so fremd waren, daß ich mein Codewort für „Abbrechen und Auftauchen“ dauernd auf der Zunge hatte.

Die Tiefe deines Trance-Tanzes und deines Eintauchens kannst du mit einfachen Codes steuern. Zähle ich von drei auf zwei auf eins, so gehe ich tiefer in die Entspannung und auch tiefer in meine Erinnerungsräume. Ein bestimmtes Wort, das ich zu diesem Zweck erfand, bringt mich in eine bestimmte Ebene. Die Fingerspitzen der Daumen und Zeigefinger zusammenzudrücken, löst einen ebenfalls programmierten Sprung in eine andere Realität aus. Seit ich einen Computer habe, gehe ich mit meiner Hirn-Speicherfähigkeit vermutlich noch experimenteller um. Der Computer ist ja nur ein Abglanz dessen, was das Hirn kann. Eine bestimmte Zahl (in vielen Trance-Traditionen die Fünf) bringt mich in die Realität von Schlottern, Zähneklappern, Hunger und Durst, Mückenstich und Dreck zurück.

Schau während eines Rituals nie in den Spiegel, wenn du nicht eine wahre Roßnatur hast. Das Hinüberwandern in andere Ebenen verändert den physischen Körper. Das, was Stammeskulturen mit Masken, Körperbemalung und Tatauierung auf der Haut und am Kopf sichtbar machen, sind die Spuren, die die Wesen der Traumzeit während einer Trance, eines Rituals auf den Menschen eingraben. Trägst du eine Maske oder bemalst du deinen Körper, schützt du damit gleichzeitig deinen Alltagskörper vor magischen Einflüssen. Du versteckst dich hinter der Maske, verkörperst, was die Maske verkörpert, und gibst dich selbst nicht zu erkennen. Fährt aber die Kraft in deinen magisch verwandelten Körper – und das passiert, wenn du Rituale zur Veränderung der Wirklichkeit machst –, dann mußt du stark genug sein, die Anwesenheit dieser Geister zu ertragen und sie schließlich auch wieder fortzuschicken, was durch das Entfernen von Maske und Körperbemalung erleichtert wird.

Geister lieben es, die Identität von Menschen zu verwirren. Sie spielen auch gern mit Zauberlehrlingen, die sich ungeschickt anstellen und auf ihre Eigenmacht verzichten. Spätestens in einer solchen Situation wird die Fähigkeit des kunstvollen Lügens und Betrügens, des Vorspiegelns und Versteckens wichtig.

Wenn du das als unmoralisch und unfair ablehnst, läßt du dich mit Geistwesen aller Art am besten gar nicht ein (ach ja, und Pokern solltest du dann lieber auch nicht).

Bei einem Ritual, das mich in die karge Urlandschaft

führte, wo alles erfunden und geträumt wird, was in unserer Wahrnehmung existiert, schaute ich in einen Obsidianspiegel und stellte zu meinem Schrecken fest, daß ich kein Spiegelbild hatte.

Gleichzeitig landete ich aber in einer Höhle, in der an einem Felsentisch drei „Beraterinnen" saßen. Wer beschreibt meine Überraschung beim Anblick dieser drei Kreaturen: Eine war fleischig, weiß und dick wie die Willendorferin, eine zappelte dürr, verstrubbelt und verdreckt auf einem Stein herum, und ihr gegenüber hatte eine kühle blonde Anwältin Platz genommen. Steht's so schlecht mit mir, dachte ich, daß ich sogar in der anderen Welt anwaltschaftlich vertreten werden muß? Allerdings muß ich gestehen, daß dieser Geist von einer Anwältin über die herrschenden Rechtskonflikte erstaunlich genau Bescheid weiß, sie hat mir noch nie einen falschen Rat gegeben. Das Problem ist jeweils nur: Wie komme ich an einen Termin, denn über Telefon, Fax oder Post läuft da nix.

Steht es dir zu? fragt sie mich, wenn ich frage, ob ich irgend etwas erreichen werde. Wohin willst du mit deinem Gefühl? fragt mich sinngemäß die kleine Dikke. Und: Bist du jetzt schon ganz korrupt! fährt mich gern die Wilde an. Ihr zuliebe schmiere ich Lehm auch in die Haare, das mag sie, während die Anwältin immer ein sauberes Taschentuch dabei hat. Ich kann sie rufen, diese drei Helferinnen der dreizehnten Art, aber das Problem ist immer: Wie komme ich hin.

Was war in dem Pilzgericht?

Ich besuchte meine Großmutter. Als Kind bin ich mit ihr immer in die Pilze gegangen, das heißt, wir fuhren mit dem Fahrrad zum Waldrand, um vier Uhr früh, und dann fingen wir sie ein, wie meine Oma sagte. Einmal fiel meine Oma mit dem Rad hin. Sie war ziemlich dick, und ich mußte ihr aufstehen helfen. Sie war nicht wehleidig. Sie wischte sich das Blut vom Knie und lachte, daß ihr Fett wackelte.

Als ich meine Oma besuchte, sagte sie, daß ich gelb aussehe und wahrscheinlich nicht genug esse – das sagte sie übrigens immer, wenn ich sie besuchte. Sie hatte Pilze gekocht, die rochen so verführerisch, so sinnlich, so lebendig. Ich aß ziemlich viel. Und schon beim Essen pflanzten sie mir eine große Sehnsucht nach dem Wald ein, aber ich mußte nach Hause fahren und arbeiten.

Ich saß an meinem Schreibtisch am Fenster, das wohlige Gefühl ließ keine rechte Arbeitsstimmung aufkommen. Ich starrte auf die Tür der Kneipe gegenüber. Daß mir das noch nie aufgefallen war! Ein blaues Tor mit zwei goldenen Säulen und einer Rosengirlande.

Ist das nicht ein bißchen übertrieben für eine einfache Wirtschaft? dachte ich, ohne daß mich der Anblick wirklich irritierte. Denn dieses wunderbare blaue Tor fügte sich nahtlos in das schlichte Haus mit den eher schäbigen Fenstern ein. Irgendein Gag, dachte ich.

Die Wirtshäuser müssen sich immer etwas Neues ausdenken, um konkurrenzfähig zu bleiben. Ich ging aufs Klo. Hoppla, da war ein riesiges Loch im Boden, direkt vor der Klotür. Warum haben wir das nie richten lassen? dachte ich. Ich meine, man kann ja mal irgendwie benommen sein und in das Loch fallen... Es kam mir allerdings vertraut und normal vor: Da ist eben eine Kluft, ein tiefes Loch. Aber drüberspringen ging auch nicht.

Ich kehrte um. An arbeiten war nicht zu denken. Da war plötzlich so eine dichte Atmosphäre überall. Die Luft fühlte sich an, als sei sie überbevölkert. Ich konnte sie atmen, aber offenbar reisten mit jedem Atemzug Millionen von Kleinlebewesen in mein Inneres, nur um mit dem Ausatmen wieder hinausgeschleudert zu werden. Es tat mir leid für sie, aber ich konnte ja nicht einfach aufhören zu atmen. Hörte ich da meine Oma lachen?

Es klingelte. Gerade als ich öffnen wollte, fiel mir auf, daß neben der Tür ein Rabe an beiden Flügeln und am Hals gegen die Tür genagelt war.

Verdammt, warum haben wir den Raben dahingenagelt! dachte ich. Wenn das der Postbote sieht! Daß der Postbote kommen würde, war sicher. Ob er dem Tierschutzverein etwas melden würde? Ich stand vor dem Raben. Zu meiner Verwunderung krächzte er: Gib mir einen Schluck aus der Wasserkanne. Und tatsächlich: Da stand eine Wasserkanne. Mir gehörte sie jedenfalls nicht. Ich hatte Hunger und schob mir ein Holzbrettchen mit Salz ein, gab dem Raben einen Schluck Wasser und erschrak: Ein Nagel löste sich aus dem Flügel, und der Rabe flatterte wie verrückt. So konnte ich unmöglich dem Postboten die Tür öffnen. Also gab ich dem Raben noch einen Schluck. Der zweite Nagel fiel zu Boden, und jetzt hing er ganz jämmerlich nur noch an dem letzten Nagel, der durch den Hals getrieben war. Was hatten wir uns dabei gedacht, einen Raben so barbarisch an der Wohnungstür aufzunageln? Was passiert, wenn ich ihm noch einen Schluck Wasser gebe?

Wasser her, krächzte da aber schon der Rabe. Und dann? fragte ich. Dann bin ich frei und stürze dich ins Verderben. Das klang irgendwie lustig. Hm, wer weiß.

Wasser! schrie der Rabe. Ich hob den Krug, er war leer. Es klingelte wieder, Sturm. Augenblick! rief ich, meinte den Raben oder den Postboten, ging zum Wasserhahn. Aber heraus kam nur Goldstaub!

Wir müssen uns bei der Hausverwaltung beschweren, sagte ich zu Elisabeth, meiner Mitbewohnerin.

Warum denn? fragte sie.

Wegen des Lochs vor dem Klo und des Goldstaubs, sagte ich. Was meinst du, ob das mit dem Verderben ironisch gemeint ist von dem Raben?

Was ist heute für ein Tag? fragte sie.

Montag, sagte ich.

Richtig, sagte sie. Um das Verderben würde ich mich weiter nicht kümmern.

Ich war ihrer Meinung. Es war einfach ein gutes Wort mit drei e.

Im Teekessel war noch etwas Wasser, Schweiß brach mir aus, ich gab dem Raben Wasser, der Nagel fiel aus seinem Hals. Er setzte sich auf meine Schulter und flüsterte mir ins Ohr: Daß du soviel Angst vor dem Postboten hast, er bringt doch eh nur Werbung. Und so war es.

Fauler Zauber

Du brauchst:
Hirse und Milch
fünf Stück Zucker
eine neue Handtasche
einen Kristall, einen Medizinbeutel, eine Schamaninnenkappe und einen Zauberumhang
ein Tier, das nicht gleich wegrennt, wenn du kommst
Geld, viel Geld
ein Ausbildungsbüchlein
eine rudimentäre Vorstellung davon, was eine Schwitzhütte, ein Mantra und Kundalini sind
ein Telefon
literarische Vorkenntnisse im Bereich Zimmer-Bradley/Lynn Andrews
eine Müllhalde
ein Horoskop und astrologische Kenntnisse
ein Tarot-Spiel
Grundsätze
am Ende: Faulheit.

Wozu brauchst du Hirse und Milch? Also, stell dir vor, du willst dich in die tiefen Schichten der Magie einarbeiten, fängst also an, die ganz schlauen Bücher zu lesen, kapierst die Hälfte nicht, fühlst dich auch ein bißchen überfordert und gereizt. Irgendwie ist das alles nicht das Richtige, und du hast so ein mulmiges Gefühl im Bauch. Ah! Du hast Hunger. So, das hast du jetzt davon, daß du in die schöne, agrochemieverseuchte Natur gezogen bist, wo der nächste Bus erst in viereinhalb Stunden fährt und dich auch nur zum nächsten Misthaufen bringt. Du hast Hunger, und keine Frittenbude, kein Stehimbiß, kein Bratwursttempel ist in der Nähe, kein Käsekrainer spritzt dir sein Fett entgegen. Wie anders könntest du diesen Notstand beheben als mit Hirse und Milch. Das ist nämlich eine ganz urtümliche Nahrung. Während du ißt, beginnen deine Zähne mit den Hirsekörnern zu verhandeln. Die antworten durch Ausschüttung von Kieselsäureteilchen, die sich sofort auf den Weg zu ihren Verwandten, den Kieselsäuren in den Zellen, insbesondere im Hirn, machen, unterstützt durch Kalzium und Kalium in der Milch. Es handelt sich hier also gewissermaßen nicht um eine Mahlzeit, sondern um Kommunikation mit dem Nebeneffekt, daß der Magen zuhört und deshalb zu knurren aufhört. Das kann eine Bratwurst nicht, die eher nach dem Narkoseprinzip arbeitet.

Wozu also brauchst du dann fünf Stück Zucker? Ich persönlich brauche sie für drei Tassen Tee, die ersten beiden trinke ich mit zwei Stücken, die letzte mit einem. Du brauchst sie, um einen wichtigen Lernprozeß zu machen. Denn du denkst, wenn du einmal ein paar Beraterinnen, Göttinnen, Feen, Schutzengel und ähnliche Wesen beieinander hast, mußt du sie nur noch richtig schmieren, damit sie funktionieren. Du nimmst also für fünf Wesen fünf Stück Zucker und gibst ihnen die als Opfergabe. Du wirst erfahren, daß sie sich weder mit Zucker noch mit anderen Gaben gefügig machen lassen, daß sie an Opfern nicht interessiert sind, so oft die Mythen auch davon berichten (falsche Fakten werden ja bekanntlich durch häufiges und jahrtausendelanges Wiederholen nicht richtiger); du erfährst den wesentlichen Unterschied zwischen einer Fee und einem Pferd.

Die neue Handtasche drängt sich irgendwann natürlich auf. Du warst in einem Wochenendseminar für spirituelle Erfahrungen. Alle hatten irgendwelche interessanten bestickten Beutel, da öffnetest du deine Krokoimitat-Tasche und holtest dein kleines Notizbuch heraus. Alle starrten dich an. Du fühltest dich ähnlich wie die Frau, die einmal in einem meiner Kurse war. Alle sagten ihre Berufe, da war die Reihe an ihr. Prostituierte, sagte sie. Alle stutzten und versuchten, den Schock irgendwie locker zu verarbeiten. Sie sagte dann zu ihrer Nachbarin, die „nur" Ehe- und Hausfrau war: Wieso, das bist du doch auch – da gab es einen kleinen Mißklang.

Wenn du also nicht von der Sorte bist, die mit Stiletto-Absätzen die Müslikultur betritt und dabei wohlig schnurrt, die das nötige Leck-mich-am-Arsch-Gefühl in jeden Lernprozeß mitbringt und die den Rest dieses Kapitels ruhig überspringen mag, dann kaufst du dir eine neue Handtasche. Du uniformierst dich in der für Maggi-und-Sprit-Frauen gewohnten Weise und vermeidest Aufsehen.

Hast du erst mal eine neue Handtasche, hast du auch Platz für die unerläßlichen Symbole der angehenden Zauberfrau. Du wirst einen Kristall, einen Medizinbeutel, eine Schamaninnenkappe (vielleicht findest du, wenn du Kohle hast, etwas Entsprechendes in einem Ethno-Antiquitätenladen) und vielleicht einen magischen Umhang brauchen. Gib es zu: Die Krokoimitat-Tasche hätte häßliche Ausbuchtungen bekommen. So ein Kristall ist ja ein scharfes Gerät. Und wenn du mal das Gefühl hast, der Kristall ist nicht mehr ganz sauber, kaufst du dir Domestos oder Ajax und legst ihn zehn Minuten rein (das rät jedenfalls eine ganz bekannte Indianerschamanin). Die Schamaninnenkappe ist deshalb wichtig, weil es noch nie einen Schamanen gegeben hat, der ohne Hut oder Kappe war, sagt eine Freundin von mir, schau Beuys an! Sonst verflüchtigt sich angeblich die Quintessenz. Ich sage da zwar, daß aus einer Schamanin nie ein Schamane wird, auch kein weiblicher, und daß eine Quintessenz, die sich ohne Kappe verflüchtigt, vielleicht keine war, aber wie du darüber denkst, das überlasse ich jetzt schon dir. Gibt ja so nette, billige Kappen, die machen doch was her! Ach so, ja, der Medizinbeutel, fülle ihn mit etwas Restmüll oder besser noch, decke dich auf einer der Esoterikmessen mit heiligen Gegenständen ein. So ein Medizinbeutel sollte nicht zu dick sein, daß er sich nicht wie eine Pestbeule unter dem Pullover abhebt!

Und den Zauberumhang läßt du dir am besten feierlich verleihen. Es soll Gruppen geben, Germanen oder Kelten, Druiden und so weiter, die solche Kleidungsstücke an ihre Mitglieder ausgeben. Ja, natürlich erinnere ich mich, daß ich mal geschrieben habe, daß ich an einem Fetzenumhang arbeite. Stimmt. Ich arbeite immer noch daran.

Ein Tier, das nicht gleich wegrennt, wenn du kommst, bzw. noch wichtiger, vor dem du nicht sofort wegrennen mußt, ist eigentlich nur für dein Selbstwertgefühl ganz nett. Ich meine, wie mußt du dich als Schamanin fühlen, wenn Tiere einen weiten Bogen um dich schlagen und du vor jedem Hund auf den Baum springst. Allerdings darf ich dir gestehen, daß ich bis vor wenigen Jahren eine tiefe Hundephobie hatte. Naja, es machte sich halt nicht so gut.

Daß du Geld, viel Geld brauchst, wenn du magisch werden willst, wird dich nicht überraschen, wenn du schon mal einen Kurs mitgemacht hast. Die teuersten sind die, bei denen du dich erst mal ruinieren mußt, aber dafür den Vorteil hast, daß du nach einer gewissen Ausbildungszeit selber ausbilden darfst (das Reiki-Prinzip). Verfahre auch nach dem Grundsatz: Was billig ist, kann nicht gut sein (und was du bei Frauen lernst, ist bestimmt nicht so toll wie das, was du bei Männern lernen kannst, die deshalb auch meistens höhere Preise verlangen). Bietet dir jemand einen kostenlosen Lernprozeß an, weißt du, was du zu tun hast: Lache höhnisch. (Kostenlose Lernprozesse erhältst du hauptsächlich von Leuten, die dich nicht leiden können, denn niemand wird dir deine Ungereimtheiten ehrlicher hinreiben.)

Das Ausbildungsbüchlein ist ein beliebter Beweis für errungene Leistungen, ähnlich einem Heft für Gipfelstempel. Du magst einwenden, daß sich aus einem Eintrag über einen absolvierten Kurs überhaupt nichts schließen läßt, aber Ordnung ist nun mal das halbe Leben. Wenn du erst eine Verwaltungsstruktur für deinen magischen Lernprozeß gefunden hast, kommt vielleicht die Magie von allein. Oder ist das halbe Leben vielleicht doch zu wenig?

Schwitzhütte, Mantra, Kundalini – sind dir diese Begriffe völlig unbekannt, begibst du dich auf gefährliches Gebiet. Du mußt heutzutage einfach Bescheid wissen, wie eine Schwitzhütte gemacht wird, mußt selber schon zehn, zwölf junge Bäume umgehauen haben (keine Angst, wenn's für einen guten Zweck ist, kann's eigentlich gar keine Umweltsünde sein), du mußt in Kundalinizuckungen gelegen haben, sonst kannst du nirgendwo mitreden. Oder glaubst du, du könntest einfach so, indem du atmest, lachst, genießt, leidest, weinst, fühlst, erleuchtet werden? Da wären ja die anderen blöd, die sich durch unzählige Techniken schinden. Sind sie? Hm, da sag' ich jetzt nix dazu, das wird mir nur wieder falsch ausgelegt. Das A und O der Erleuchtung ist, daß es kein einfacher Weg war (wer wird schon von Erleuchtung sprechen, wenn einer mal ein Licht aufgegangen ist), daß er lang gedauert hat, daß viele komplizierte und schmerzhafte Stationen zu überwinden waren und daß dir am Ende jemand lächelnd bestätigt hat: Du bist erleuchtet.

Zu diesem Zweck brauchst du ein Telefon. Denn wie willst du sonst Termine ausmachen, Erfahrungen austauschen und am Ende fragen, ob's wirklich geklappt hat? Die Meister wohnen ja oft so weit weg. Ein schnurloses Telefon ist überhaupt das Beste. Du kannst überall damit telefonieren, in der Schwitzhütte, auf dem Meditationsplatz, sogar auf dem Klo. Und da kann's dir schon mal passieren, daß du deinem Guru telefonisch mitteilst, daß er dir gestohlen bleiben kann, weil dir hier eingefallen ist, daß er eigentlich Mauldünnschiß hat.

Mit der Literatur ist das so eine Sache. Es wird ja viel empfohlen. Indianerbücher, Zen-Schriften, Channeling, Aura, alles über Buddhismus (der ist schwer im Kommen), Lichtritter und Kreuzbuben, ich bin nicht auf dem Laufenden, was so alles angeboten wird, aber ein

MUSS sind die Bücher von Lynn Andrews und „Die Nebel von Avalon“ (jetzt sag nicht, die Bücher von der Francia, du freches Luder). Du wirst in der Eso-Ebene keine Frau treffen, die Avalon nicht kennt oder nicht wenigstens „Die Medizinfrau“ gelesen hat. In diesen Büchern findet das statt, was jede Frau für Magie und Mystik hält.

Als ich schon jahrelang von der über achtzigjährigen Hildegard Landbauer tanzen lernte und alles über Labyrinthe erfuhr (sie wohnte in einem Altersheim in Waldkraiburg, ich gebe zu, daß das einfach nicht so super klingt), las ich „Die Medizinfrau“, und es wurmte mich, daß ich nicht auch so eine alte Schamanin hatte, die im wilden Norden mit allerlei Getier lebte und einen echten Feind präsentieren konnte. Meine Lehrerin arbeitete mit mir in der VHS-Turnhalle und fand, es sei ihr egal, wo sie lebe, ein Altersheim sei praktisch, weil man nicht selber kochen müsse.

Die magische Wirklichkeit hat erstaunlich wenig mit den Mondflügen, Morganen-Schleiern und Red Dogs zu tun. Oder sagen wir, diese Bücher verhalten sich zu Magie als Kommunikationsform und Wandlungsmittel wie Barbiepuppen zu Frauen. Wenn du nicht nach Irland, Alberta oder Australien fahren willst/kannst, um dort magisch eingeweiht zu werden, solltest du vielleicht doch lieber ein paar bescheidene, aber wirkungsvolle Versuche in deiner unmittelbaren Umgebung machen. Ach so, ich soll dir vom Ginkgobaum am Müllerschen Volksbad in München (das übrigens ein wundervoller Wassertempel mit einem Bild der Gorgo ist) ausrichten, daß Natur erstaunlich vielfältig daherkommt. Sie sei sozusagen überall.

Damit kommen wir zu einem heiklen Thema:

Kraftplätze. Das mit den vier Elementen und den heiligen Orten wirst du wissen. Was immer du unternimmst, ein wenig Beistand solltest du dir schon sichern, zu diesem Zweck rufst du die vier Elemente. Wie lernst du sie also am besten kennen? Du gehst auf einen Müllplatz. Nirgendwo gehen dir die Augen über Natur, Mensch, Wachstum, Zerstörung und Wandlung so auf wie auf einem Müllplatz. Wo einst ein fester Körper, sagen wir, in Form einer tiefgefrorenen Putenkeule, war, siehst du jetzt die Wandlung in grünschillernde Flüssigkeit (Element Wasser), der Gestank macht dir klar, wie mächtig das Element Luft sein kann, die faulende Matratze darf dir hier spaßeshalber mal das Element Erde vorspielen, und die überall schwelenden Feuerchen, die sich aus alten Batterien und Ölkanistern nähren, bringen das letzte Element. Hier ist der Endpunkt menschlicher Existenz. Auf der Müllhalde zeigt sich die Starrköpfigkeit, die Sinnlosigkeit, die Langlebigkeit materialisierter Idiotie. Was du nicht im Zustand der Verkommenheit, Verwesung, Auflösung, Verrottung gesehen hast, wirst du auch im Wachstum nicht begreifen. Wenn du nicht bereit bist, die Zerrbilder menschlichen Strebens zu betrachten, wirst du keine Liebe und keine Achtung für Menschen entwickeln können. Vor allem: kein Mitgefühl. Die Markennamen, teuer erkauft: Hier dürfen sie in die Anonymität zurücksinken, die Menschen, die sie mal erworben haben, sind vielleicht mittlerweile ruiniert, haben sich anderen Marken zugewandt, gehen neuen, unbewußten Zielen zu, lassen sich von neuen Händen steuern und manipulieren. In diesem Bett ist eine Liebe gewachsen und gestorben. Diese Wohnzimmergarnitur, die mußte mal her, da hat sich mal jemand kaputtgeschuftet, hoch verschuldet. Dieser Kühlschrank war mal der letzte Schrei, jetzt weint er nur noch giftige Kühlflüssigkeit. Hier, auf dem Müllplatz, ist der Augenblick der Wahrheit gekommen: Wer bist du? Was hast du hier zu suchen? Was hast du hier verloren?

Wenden wir uns einer lustigen Angelegenheit zu, der Beschäftigung mit den Sternen. Du brauchst unbedingt ein Horoskop und Grundkenntnisse in Astrologie. Erstens kannst du damit deine Mitmenschen nerven, zweitens kannst du immer die Sterne für alles verantwortlich machen – was sie ja sind. Ich meine, der innere Zusammenhang zwischen einer mißglückten Beziehung und einer gewissen Konstellation von Himmelskörpern muß selbst den verstocktesten Naturen einleuchten. Ich sei gegen Astrologie, wo ich doch selbst ein Astrologiebuch geschrieben habe? Nein, im Gegenteil. Ich bin für spielerische Beschäftigung mit dem ganzen Universum. Mit dem Horoskop ist es wie mit den Tarotkarten: Gib ruhig die Verantwortung ab, du wirst schon sehen, was du davon hast. Ich ziehe mir übrigens nicht selten Tarotkarten mit der Bilderseite nach oben. Ich wähle mir einfach eine Karte, die ich haben will. Das sei geschwindelt? Seit wann ist es geschwindelt, wenn du dein Leben, deine Träume und deine Verantwortungen selbst in die Hand nimmst?

Schuldzuweisungen und Vergleiche mit anderen sind auch nicht ganz unwichtig auf deinem Weg (ich kann zwar nicht mit Steinen reden, aber wenn ich die da anschaue, die Fette da, die immer so heilig tut...). Ein paar Grundsätze mußt du dir schon zulegen, auf deinem harten Ausbildungsweg zur Schamanin, wie willst du sonst andere beurteilen, verurteilen? Klar könnte ich sagen, was du weißt und erfahren hast, gilt in allererster Linie mal für dich. Du steckst in der anderen nicht drin, du weißt nicht, wozu sie ihre unmöglichen Lebensumstände, ihre Schwächen und Fehler braucht. Und vor allem, es geht dich ja auch gar nichts an. Klar, sagst du, es geht dich nichts an, aber das könne man ja sehen, wie sie drauf sei.

Ach ja, manche Frauen. Da kam mal eine zu mir, du liebe Güte, dachte ich, das ist ja 'ne Prolo-Tussie, so 'ne Friseuse, die perfekt zu einem Mantafahrer paßt, aufgetakelte kleine Blondine, die auf russische Großfürstin macht. Du wirst es nicht glauben, die kriegte mich in einen Fingerhut rein. Meinen Hut, ja meine Kopfhaut ziehe ich heute vor ihr. Die wußte etwas, das ich bis dahin einfach nicht wahrgenommen hatte, nämlich, daß ich eine ganz blöde Nuß bin. Sie mußte es mir nicht mal sagen. Sie hatte eine ganz einfache Art, da zu sein und alles auf mich zurückzuwerfen, was ich auf sie projizierte. Das war ein billiger, wenn auch schmerzhafter Lernprozeß...

So, was fehlt dir noch? Faulheit. Und zwar die wahre. Missionierungstrieb, Eifer, Aktionismus, Weltrettungsbedürfnis, Wahrheitsfindungswahn – vergiß es!

Selten fühlte ich mich wohler als in dem Augenblick, da mir klar wurde: Ich kann niemanden retten, niemanden heilen, nichts verhindern. Ich kann nichts tun, was sich nicht von allein tut, ich kann auch nichts lassen, was von mir nicht gelassen werden will. Ich bin da und ziehe Kreise, und die sind's. Ich legte mich auf die faule Zauberhaut.

Die Verabredung

Mit größerer Mühe war es mir gelungen, Frau Rumpentrumpen und ihre Schwestern zu überreden, mir einen Besuch abzustatten, was wegen der Grenzformalitäten nicht ganz einfach war, denn das Ereignis, von dem ich erzählen will, fand noch vor der berüchtigten Wende statt, und damals machte man sich bei Grenzkontrollen an der deutsch-deutschen Grenze einen Spaß draus, Reisende recht lange aufzuhalten. Alt genug waren meine drei Freundinnen, so galten sie als Rentnerinnen und hatten wegen der Ausreise aus der DDR keine Probleme (sie wohnten damals an der Grenze zu Polen). Die Schwierigkeit bestand hauptsächlich darin, daß sie über hundert Jahre alt waren und daß sie einen imaginierten Paß hatten, der immer nur sieben Minuten lang sichtbar war, dann mußte der Erscheinungszauber erneuert werden.

Der langen Rede kurzer Sinn: Breitdaum, Breitfuß und Breitlipp, die drei Nornen, Schicksalsgöttinnen, Frau Rumpentrumpen und ihre Schwestern, kamen sichtlich erschöpft bei mir an. Zu allem Überfluß war ihnen ein Prospekt eines Meditationszentrums in die Hände gefallen, und sie begannen sich begeistert die Kursangebote vorzulesen. Channeling überflogen sie, keltische Mystik brachte sie zum Kichern, aber da war dieses Seminar eines esoterischen Psychologen über Liebe, das sie unwiderstehlich fanden. Sie hatten gerade Kaminwurzen gegessen, die stark mit Knoblauch gewürzt waren. Ich öffnete die Fenster und antwortete auf ihr Drängen, uns alle bei dem Seminar im Schwarzwald anzumelden: Ihr wißt ja gar nicht, auf was ihr euch da einlaßt. Das ist doch alles nur Geldschneiderei... Ich hatte den Satz noch nicht ausgesprochen, da fiel mir ein, daß ja Geld zu schneidern ihre Leidenschaft war. Sie hatten einmal einer Müllertochter Stroh zu Gold gesponnen, um ihr aus einer kleinen Verlegenheit zu helfen. Also leuchteten ihre Augen auf.

Melde uns sofort zu diesem Geldschneider-Kurs an, sagte Frau Rumpentrumpen, und wenn sie mich so an ihren fetten Körper zog und mich ein bißchen würgte, konnte ich ihr schier gar nichts abschlagen. Ich meldete uns an. Zweitausendvierhundert Mark sollte es für uns alle vier kosten. Drei sind Rentnerinnen, beharrte ich, die sollten wohl etwas weniger bezahlen, noch dazu sind sie aus der DDR. Nein, beharrte der Kursleiter auf seiner finanziellen Vorstellung, das käme gar nicht in Frage. Sollen sie nicht mitmachen, wenn sie das Geld nicht haben. Offensichtlich legte er nicht den geringsten Wert auf unsere Teilnahme. Da wir aber das Geld umgehend schneiderten und ihm schickten, nahm er uns auf, zumal er wohl den Kurs sonst nicht voll gekriegt hätte.

Am Wochenende fuhren wir hin. Breitfuß wollte einen Baby-Setra-Bus mieten, um die Spinnräder und alles mitzunehmen. Wir bekamen aber keinen, weil das Modell schon seit etwa zwanzig Jahren nicht mehr produziert wurde. Wir liehen uns also den VW-Bus eines Freundes. Es wurde ziemlich eng, das gebe ich zu. Spinnräder, Kaminwurzen, Knoblauchzöpfe, ungefähr vierzig Unterröcke, Spindeln usw. Unterwegs sangen wir vierstimmig den Königsjodler und „I shot the Sheriff", weil ihnen das so gut gefiel.

Unsere Ankunft im Haus Körnerglück fiel in die „Zeit der Stille". Wir wollen dreimal am Tag eine Viertelstunde Stille halten, flüsterte uns eine junge bleiche Frau zu, als wir die Tür öffneten, und jetzt ist gerade diese Viertelstunde.

Eine Viertelstunde, flüsterte Breitdaum, aber weil sie ein wenig schwerhörig war, erinnerte ihr Flüstern an das Losbrechen einer Lawine, die Stunde des Viertels, was habt ihr denn für einen Wein da?

Die junge Frau legte verstört den Zeigefinger über die Lippen. Schsch. Wir haben gar keinen Wein. Dies ist ein antialkoholisches Haus. Die Hausordnung besprechen wir beim Abendessen.

Habe ich Abendessen gehört, schrie Breitlipp entzückt. Gibt's Wildschweinfett?

Wieder fuhr der Finger über die Lippen. Wir kochen streng vegetarisch. Wir haben eine gemeinsame Verabredung, keinem Wesen weh zu tun.

Ich versuchte zu vermitteln.

Warum packen wir nicht erst mal aus, dann wird die Stille vorbei sein, und wir können alles erfahren. Kopfnicken, Scharren, Türenschlagen. Die Taschen, die Spinnräder, die Unterröcke, alles wurde in das Zimmer 5 geschleppt, das die drei Nornen unbedingt haben wollten. Leider war es schon belegt.

Hör zu, sagte Breitdaum, wir nehmen dieses Zimmer zu viert, und du kannst unsere vier Zimmer haben.

Die Frau lächelte und räumte sofort Zimmer 5.

Es ist mir ehrlich gesagt egal, wo ich liege, sagte sie. Sie war sehr schön, hatte aber dunkle Schatten unter den Augen und sah verweint aus.

Wir sehen uns später, sagte ich und winkte. Sie winkte zurück.

Das Zimmer sah bald aus wie die Unterkunft einer zwanzigköpfigen Familie nach einem Bombeneinschlag. Ein Gong riß uns aus der heiteren Unterhaltung, in deren Verlauf gelegentliche Lachanfälle der drei Nornen feine Haarrisse durch die Wände gezogen hatten.

Beim Abendessen lernten wir die Gruppe kennen: ein bleicher Mittvierziger, Lehrer in Hausschlappen, mit Brille und Bart, ein sehniger junger Gärtnerlehrling, ein langhaariger dunkler Künstler, der stotterte, ein etwa fünzigjähriger Finanzbeamter, eine lebenslustige blonde Hausmeisterin von etwa fünfunddreißig Jahren, die junge Frau, die wir schon auf Zimmer 5 getroffen hatten, zwei Studentinnen, eine Heilpraktikerin mit grauen Haaren und wir vier. Wir fragten uns gerade, wer wohl von all diesen Menschen der Kursleiter sein mochte, da flog die Tür auf, und herein kam ein durchtrainierter, großgewachsener Mann mit strahlend-eisigem Lächeln. Blond.

Jungs, Mädels, rief er. Diesmal geht's um die Liebe, um nichts weniger. Alle starrten ihn an, manche verstört, manche erwartungsvoll, die drei Nornen waren interessiert.

Er versprach, daß gleich nach dem Abendessen die erste Session sein sollte. Ich war erleichtert, daß die drei das Abendessen ohne größere Komplikationen überstanden hatten. Doch als wir gerade aufstehen wollten, kam das blasse Wesen, das uns empfangen hatte, und beklagte den Verlust der Kasse. Alle schauten ganz bestürzt, auch Breitfuß, Breitdaum, Breitlipp und ich.

Naja, das wird sich klären, sagte der Kursleiter, der Henner hieß, drohend.

Auf Zimmer 5 kreischten die drei Nornen los. Ich wollte mitlachen und fragte. Da hob Breitfuß ihren

Rock und ihre fünf Unterröcke und zog die Kasse hervor. Ich war platt.

Das kannst du nicht machen, sagte ich, das ist hier nicht üblich, du kannst doch nicht einfach die Kasse eines Seminarhauses mitgehen lassen. Außerdem ist Diebstahl genauso blöd wie Konsumtrip.

Was ist noch mal Konsumtrip? fragte sie neugierig, Muß ja geil sein.

Also bitte, sagte ich, tu mir den Gefallen, gib das Geld zurück.

Ich denke nicht daran, sagte sie, warf die Münzen hoch, fing sie wieder und lachte entzückt. Sie nähte sich geschwind einen Tausender an den Busen, da gongte es auch schon, und wir stürmten die Treppe runter.

Alle saßen im Kreis und machten freundlich für uns Platz, Geschiebe und Bitteschön, Dankeschön, Tschuldigung, bis alle saßen.

Rechts und links von Henner war viel Platz. Er fixierte zuerst lange unsere Vorgängerin auf Zimmer 5, die Lea hieß. Sie schaute verlegen weg.

Es geht um Liebe, sagte er dramatisch und machte eine Pause. Breitlipp legte sich lang hin und furzte. Alle taten, als hätten sie nichts gehört.

Liebe ist nicht an ein besonderes Alter gebunden, sagte Henner und sah aus, als meinte er: Aber die drei da haben jedenfalls keinen Anspruch mehr drauf.

Breitfuß nickte und rülpste extra leise. Die Salami, murmelte sie, wir sollten nicht so viel Bärenfett reintun.

Bärenfett ist das beste an meiner Salami, raunzte Breitdaum. Du hast mir schon die zerriebenen Murmeltierkrallen ausgeredet.

Liebe, rief Henner drohend, hat mit Anteilnehmen, Zuhören und Mitfühlen zu tun.

Ja, sagte ich. Und wir nickten alle.

Leg dich mal in die Mitte, sagte Henner zu Lea, die verstört aufstand und sich in die Mitte legte. Er beugte sich über sie.

Wenn ich deine Möse sehe, werde ich ganz warm. Hier, sagte er leise, vertraulich zu ihr und strich sich über sein Geschlechtsorgan.

Zeig mal her, rief Breitlipp, wir sehen ja gar nichts.

Lea hatte einen roten Kopf.

Wir machen eine Übung, sagte Henner, wir berühren dich jetzt alle.

Ich möchte das nicht, sagte Lea.

Ach komm, stell dich nicht so an, das ist schön, sagte Henner und machte sich vor ihrem Venushügel breit. Lea weinte.

Breitlipp hob Lea sachte vom Boden auf und trug sie auf eine Decke im Hintergrund. Sie sang ein wenig, es klang so wohlig tief, fast wäre ich eingeschlafen.

Wenn sie nicht mag, leg ich mich in die Mitte, sagte Breitdaum und legte sich, fett wie sie war, rein. Henner wich zurück. Na, was fühlst du so, wenn du meine Möse siehst, schrie sie und lupfte ihre Röcke. Er fuhr zurück. Die zwei Studentinnen kicherten. Breitdaum sprang auf, fuhr stampfend und johlend durch den Raum und tat schließlich einen Sprung, so hoch, daß alle staunend mit offenem Mund zur Decke starrten.

Das Leben ist ein einziges Liebesspiel, jauchzte sie und kam krachend auf dem polierten Holzboden auf, der durchbrach.

Das mußt du bezahlen, sagte Henner.

Aber ja, sagte sie sanft. Bezahlt wird immer am Schluß.

Den Rest des Abends waren alle lammfromm. Breitlipp wiegte Lea, Breitdaum starrte fasziniert in das

Loch im Boden, unter dem eine Mäusesiedlung war, und Breitfuß spann mit ihrer Handspindel, was immer wieder dazu führte, daß alle auf ihre Spindel schauten, in Trance fielen und träge den Kopf hoben, um zu sehen, wie weit Henner mit seinen Ausführungen gekommen war.

Er schien irgendwie nicht recht vorwärtszukommen, was die Heilpraktikerin zu der Bemerkung hinriß: Ich habe den Eindruck, es geht hier überhaupt nicht um Liebe! Der Lehrer sagte: Ich habe mir das anders vorgestellt. Ich sagte: Ich auch. Und mußte wahnsinnig lachen, die Studentinnen mußten auch lachen, und ich wartete auf die Androhung einer standrechtlichen Erschießung. Statt dessen löste Henner die Veranstaltung „für heute abend“ auf, und wir gingen alle ins Bett.

Auf Zimmer 5 hatten wir die vier Betten zusammengeschoben, uns bequem gelagert und erzählten uns Geschichten vom Erscheinen und Verschwinden. Da Breitlipp die Kontaktlinsenflüssigkeit von Lea auf dem Boden fand, ging sie schnell mal rüber, um sie ihr zu bringen, und brachte Lea wieder mit. Sie war verheult und gestand, daß sie kurz vor dem Selbstmord stand, weil sie mit ihrem Leben nicht zurechtkam und immer wieder von Männern vergewaltigt wurde. Breitfuß hatte keine rechte Lust, dieses Thema weiter zu diskutieren. Sie packte Kaminwurzen und Schnaps aus, und wir becherten ganz schön und aßen Knoblauchwurst dazu, und es dauerte gar nicht lang, da waren wir eine nach der anderen oder besser gesagt, eine auf der anderen, eingeschlafen.

Da öffnete sich mit leisem Quietschen die Tür und wurde wieder geschlossen. Ach, sogar der Schlüssel wurde umgedreht. Jemand schlich an das vorderste

Bett, eine Hand tastete sich unter der Decke vor und wurde jäh von einem stählernen Griff fixiert. Ein leises Knacken deutete das unsanfte Drehen von Knochen an. Wer hat dich geheißen, hier hereinzukommen, donnerte Breitlipp.

Oh, Entschuldigung, stammelte Henner, ich dachte, das ist Leas Zimmer.

Hast du eine Verabredung mit ihr? fragte Breitdaum.

Ja, sagte er schon etwas forscher.

Stimmt das, Lea, fragte sie.

Nein, antwortete Lea leise, verstört.

Ihr hättet die Schlacht sehen sollen, die darauf folgte. Nein, es war nicht so, daß sie ihm ans Leben wollten. Sie pflanzten sich auf, präsentierten ihre Körperfülle wie Erdrutsche, ihr Lachen erschütterte die Knochen wie ein Erdbeben, ihre Hände präsentierten, was bei Lea so erstrebenswert schien, und vergebens versuchte er den Blick abzuwenden. Man mußte nicht besonders zimperlich sein, um beim Anblick der drei fetten Weiber zu erstarren. Aus ihren Körpern krochen Kröten, fauliger Atem legte sich über die Nasenflügel und blockierte die Luftzufuhr, Pesthauch drang durch die Ritzen ihrer mächtigen Hauer, und ihr Lachen beutelte das Geschlechtsteil dieses forschen Mannes. Erfolglos versuchte er sich zurückzuziehen.

Jetzt nimm, was du immer wolltest, dröhnte Breitlipp und schloß ihre breiten Lippen um ihn, wie um ihn am Stück hinunterzuwürgen. Sie gab ihn frei, aber nur, um Breitdaum das Feld zu überlassen, die mit ihrem breiten Daumen auf seiner Haut Zeichen setzte. Und schließlich kam noch Breitfuß und gab ihm einen Tritt, daß er durch die geschlossene Tür flog.

Breitlipp sammelte das Geld aus der Kasse zusammen und warf die leere Kasse hinter ihm her.

Dann legten sie sich, bei zerstörter Tür, einfach hin und schliefen. Lea schmiegte sich zwischen sie. Draußen stand stöhnend Henner auf. Er begegnete der Hausmeisterin und dem Künstler, die kichernd „Gute Nacht“ wünschten. Ich dachte mit einer gewissen Unruhe an unsere Abreise. Andererseits war auch ich ziemlich müde, und als der junge Gärtnerlehrling hereinlugte, bat ich ihn, mir den Rücken und die Fußsohlen zu kraulen, und da er das ohne weiteres tat, schlief ich auch sofort ein.

So einfach gab Henner nicht auf. Wir setzten uns zum Frühstück. Vierzehn Eier! bestellte Breitlipp. Tut mir leid, Eier haben wir nicht, es gibt bei uns eine Verabredung, keinem Wesen weh zu tun, sagte die Blasse von gestern, die noch ein paar Schattierungen blasser geworden war.

Ach, der Schmerz ist ja schon vorbei, wenn das Ei daliegt, sagte Breitlipp, oder legt ihr sie selber?

Der Schaden beläuft sich auf etwa viertausend Mark, sagte Henner von seinem Tisch ganz in der Ecke (er sah witzig aus, blaues Auge, grünes Hemd), außerdem haben wir den Verdacht, er bohrte seinen Blick in die Runde, der Lehrer und der Finanzbeamte nickten, die anderen schauten in die Luft, die Hausmeisterin pfiff den Radetzkymarsch, daß ihr die Kasse geklaut habt.

Was heißt hier geklaut? rief Breitdaum. Wir haben sie an uns gerissen, beschlagnahmt, geraubt meinetwegen auch.

Gebt sofort das Geld her, knurrte er.

Lea ist minderjährig, sagte ich und kaute dreißigmal auf dem Vollkornbrot, das übrigens gar nicht schlecht war. Mißbrauch von Abhängigen...

Wir haben's alle gesehen! schrie Breitlipp.

Wir lachten.

Er nicht.

Möchtest du zum Abschied noch leise Servus sagen? fragte Breitdaum.

Alles wieherte.

Wir haben eine Verabredung, sagte Breitfuß, leider müssen wir. Ich hoffe, ihr entschuldigt uns. Nicken, Räuspern.

Sie warf fünf Mark auf den Tisch.

Trinkgeld, sagte sie und grinste die Blasse an, die das Fünfmarkstück einsteckte.

Henner öffnete den Mund, um etwas zu sagen.

Viertelstunde Stille, sagte Breitfuß mit hochgezogenen Augenbrauen und legte den Zeigefinger über den Mund. Dann röhrten sie wieder los.

Draußen warfen sie das Zeug ins Auto. Lea setzte sich auf Breitlipps Schoß. Ich war ein bißchen eifersüchtig...

Breitdaum holte eine kleine Kuckucksuhr unter ihrem Rock hervor und preßte sie. Der Vogel schrie mit dünner Stimme: Kuckuck.

Genau, sagte sie leise.

Der Gesang der Steine

Auf der Kieselsteininsel von Chesil Beach in Südengland legte ich mich auf die vom Meer geschliffenen Steine und lauschte. Mit jeder Welle fuhr das Wasser unter die Steine, hob sie, schob sie mit großer Kraft durcheinander, so daß sie sich berührten, aneinander rieben, tuschelten und sich wieder auf ihren alten Platz zurückfallen ließen. Die obere Schicht der Steine wurde von der Bewegung der Meereswellen nicht berührt. Ich legte ein Ohr an die Steine und horchte auf die ständige Bewegung. Ich vertiefte mich in die Muster der Steine, blaue Adern, bunte Flecken, weiße dünne rißartige Linien auf schwarzem Grund, Kalkeinschlüsse in Feuersteinknollen. Ich dachte über die Behauptung der Yoruba Westafrikas nach, Steine und Menschen seien verwandt, und ich gestehe, daß ich dachte: So ein Quatsch! Wie können Steine und Menschen verwandt sein! Menschen sind weich, flüssig fast, Steine sind hart und uralt. Aber wenn ich auf das Reiben und Tuscheln und Gurgeln hörte, fühlte ich mich so eins mit den Steinen, daß ich glaubte, ihr Rascheln und Klicken verstehen zu können.

Ich erinnerte mich an einen Besuch auf der Mineralienmesse. Da war ein Stand mit verschiedenen prähistorischen Artefakten. Ich sah einen schwarzen ovalen Stein, nahm ihn in die Hand und erschrak. Auf seine Oberfläche war ein Gesicht graviert, ein Auge geschlossen, eins geöffnet, der Händler sagte: Kultstein aus

Haiti, uralt, vielleicht sechstausend, vielleicht zehntausend Jahre alt. Aber der Stein sagte einfach nur: Nimm mich mit. Ich kam in eine solche Bedrängnis, daß mein Gesicht rot anlief. Zweihundertfünfzig Mark für einen Stein, das war mehr, als ich bei mir hatte oder mir leisten konnte. Nimm mich mit. Nimm mich mit. Und warum sollte ich das tun? Weil wir zusammengehören. Nein, wir gehören nicht zusammen. Ich werde es dir beweisen. Jemand wird kommen und dir das Geld anbieten. Und wenn du es ihm zurückgibst, wirst du es dir leicht leisten können.

Das klang allerdings ganz nach meinem üblichen Gedankengang, wenn ich spürte, daß ich etwas unbedingt kaufen wollte. Ich stand wie erstarrt mit dem Stein in der Hand. Als ich aufblickte, sah ich einen dichten Kranz von Menschen um mich her, die mich neugierig beobachteten. Der Händler lächelte mich an. Ich habe nicht soviel Geld dabei, sagte ich. Aus der Menschenmenge löste sich ein Mann, ein alter Freund. Er streckte mir zweihundertfünfzig Mark hin. Alle warteten. Ich kaufte den Stein. Nahrung. Musik. Glück. Träume. Erlösung. Ich tanzte durch die Stadt. Ich war pleite. Nicht lang.

Ein anderer Stein lag bei einem Ethnologen, der seine ganze Sammlung dem Kölner Rautenstrauch-Museum übergeben wollte. Um keinen Preis war er bereit, mir den eiförmigen Meteoriten zu geben. Ich besuchte ihn dreimal. Nichts zu machen. Beim dritten Besuch fuhr gerade der Lastwagen des Museums weg. Ich klingelte. Er öffnete. Er lächelte: Das Museum hat alles abgeholt. Aber den Meteoritenstein – den hatten sie vergessen! Siehst du, sagte der Stein. Und mein Freund sagte: Ich wollte, ich wäre ein Stein.

Für einen Topas, tropfenförmig, etwa so groß wie

ein Herz, hörte ich neun Geschichten, ehe ich ihn bekam. Die letzte Geschichte ging so: Wir gruben nach Edelsteinen, hatten aber schon wochenlang nichts mehr gefunden. An diesem Nachmittag waren wir erschöpft und machten eine längere Pause, ein Tiger griff uns an, wir retteten uns in die Grube, meine Finger wühlten im Erdreich und bekamen einen großen Stein zu fassen, den warf ich nach dem Tiger, der sich daraufhin trollte. Wo ich den Stein herausgegraben hatte, stießen wir auf eine Smaragdader, die uns viel Geld brachte. Den Stein, mit dem ich nach dem Tiger geworfen hatte, habe ich vierzig Jahre als Andenken bewahrt. Jetzt brauche ich ihn nicht mehr.

Für den bläulichen Achat aus dem Kali Gandaki-Flußbett hörte ich keine Geschichte. Es schien mir nur, als hörte ich einen dünnen Schrei, wie von einem Kind. Als ich dem Geräusch nachging, fand ich den Achat. Er war vom Wasser rund geschliffen.

Ein langer, schmaler Stein sprang mir zu Hilfe, als ich in einem Bachbett in den Schweizer Bergen von einem Wahnsinnigen mit einem Messer angegriffen wurde. Einen Quarz brach ich selbst mit einem Strahler (Kristall-Sucher) aus einer Felswand und hörte ihn seither immer leise klagen, weshalb ich fortan keinen mehr aus irgendeiner Wand brach.

In der Tanezrouft-Wüste Algeriens fand ich zwischen zweitausend Kilometern kleiner Kiesel einen kindskopfgroßen, schweren sandfarbenen Stein. Ich sah ihn schon von weitem, weil es seit Tagen der größte Stein war, den ich gesehen hatte. Ich mußte ihn einfach mitnehmen. Wenn du mit mir nach Deutschland willst, sagte ich, mußt du dich sehr leicht machen, denn ich glaube, so schwer, wie du jetzt bist, kann ich dich nicht tragen. Er reiste in meiner Tasche, aber in

Deutschland war die Tasche nicht da. Später wurde sie mir von einem Boten der Lufthansa gebracht, weil sie verlorengegangen war. Er trug sie mir in die Wohnung, Schweiß lief ihm herunter. Die Tasche ist ja so schwer, als wären Steine drin, stöhnte er. Da sind Steine drin, sagte ich und holte den großen Stein heraus. Nach einer Woche wurde die eine Seite des Steins schwarz. Sein Gesang wurde dunkel.

Übrigens, als ich die Steine zum ersten Mal singen hörte, dachte ich an Tinnitus. Gerade hatte mir eine Freundin von dieser schrecklichen Krankheit erzählt, bei der die Ohren nicht mehr aufhören zu klingen. Aber als ich das Zimmer mit den Steinen verließ, hörte der Gesang auf, mein Ohr zu durchdringen. Also rang ich mich zu dem Entschluß durch, daß Steine singen können, was ich mir leisten kann, da ich keine Wissenschaftlerin bin. Der tiefste Ton kam von dem schweren Stein aus der Tanezrouft-Wüste. Flirrige, sirrende Klänge brachten die kleinen Quarzkugeln hervor, die jahrtausendelang vom Wüstensand abgeschliffen worden waren. Der Topas entsprach meiner Stimmlage am meisten. Ich könnte sagen, er war meine Stimme. Der Meteorstein trug ein Summen in sich, das kaum wahrnehmbar war. Der Kultstein aus Haiti schob Wellen von mittlerer Tonhöhe vor sich her. Ein Kristall klirrte wie brechendes Glas. Eine Amethyst-Druse brachte liebliche Musik von weither. Ich legte meine Lippen an eine versteinerte Feige und spürte die Schwingungen ihres alten Lieds. Es stimmte: Mein Blut, alle meine Zellen, meine Organe und die Steine kannten sich. Während ich lauschte und atemlos die feinen Töne abtastete, erspürte ich die alte Verbindung, die mich dazu brachte und noch dazu bringt, Steine in meiner Wohnung anzuhäufen, bis der Holzboden durchbricht.

Hirse ist das Übersetzungsmittel für den Steingesang. Wenn ich Hirse esse, höre ich die Töne sofort und kann mit der Zeit auch Botschaften entziffern. Wenn ich Alkohol trinke, höre ich nichts. Auch Kaffee vermindert mein Feingehör. Hirse scheint Brücken über Schluchten zu legen, die ich normalerweise nicht überspringen kann. Wie im Traum folge ich Gedankengängen, die ich sonst im Alltag ausgrenze, weil sie keinen Anfang und kein Ende haben. Und irgend etwas in der Hirse korrespondiert mit einer Substanz in allen Steinen. Es fühlt sich an wie Seiltanzen auf einem Ton.

Als ich einmal in sehr schlechter körperlicher Verfassung war, ließ ich mich auf eine Jam-Session mit Steinen ein. Ich belegte den ganzen Körper mit Steinen und ließ mich in eine tiefe Entspannung sinken. Die Steine begannen sich auf meiner Haut einzustimmen. Ich glitt auf der Vibration durch die Vernetzungen meiner Haut, folgte den Botenstoffen auf ihrem Weg zu den Organen, schließlich schien sich mein Inneres nach außen zu stülpen, und die tiefe Nacht des Universums hüllte mich ein. Ich reiste auf dem Gesang der Steine durch die Dunkelheit, fühlte, wie ich wellenartig in die Unendlichkeit trieb, wie ich porös wurde, meine Dichte, meine Form verlor. Hätte ich als Stein auf die Erde zurückkehren können? Das Experiment hatte eine starke Heilwirkung auf den ganzen Körper.

Auf den Feldern und Wiesen, auf den Straßen, an den Stränden, in den Wäldern und mitten in den Städten liegt ein Klangteppich – das Summen der Steine, sie weihen uns ein in ihre Erinnerung, aber wir haben ihre Sprache verlernt. Der Gesang der Steine beschwört wieder und wieder die Geschichte der Erde, ruft Erinnerung wach, setzt das Bild der Welt neu zusammen, zerlegt es wieder. Die Steine warten.

WELCHES TIER STECKT IN DIR?

Ich kann dir sagen, es ist kein angenehmes Gefühl, wenn du in einer langen, sehr feierlichen schamanischen Sitzung erfährst, daß du ein Scheißrollkäfer bist oder eine Küchenschabe, so etwas tut weh! Aber zuerst einmal will ich dir von einem Erlebnis erzählen, das mir vor Jahren widerfuhr.

Bei einem nächtlichen Ausflug in einen Bergwald kristallisierte sich jenseits des Klapperns meiner Zähne ein Wolfsgeheul heraus. Ich ahnte sofort, daß es sich um ein magisches Ereignis handeln mußte, denn die Gegend war zweifelsfrei ohne Wölfe. Entweder, dachte ich also durchaus kritisch-analytisch, ist es ein Mensch, der gerade ein schamanisches Wolfserlebnis hat, oder es ist der Hund von einem Jäger (Hilfe, wohin soll ich dann rennen?!), oder es ist eine mythische Wölfin, die sich mit mir in Verbindung setzen will. Letztere Möglichkeit verdichtete sich, ich war bereit, atmete tief, fühlte mich jetzt sehr einsam und kühn, ich hob die Arme, ließ die mythische Wölfin ein, verwandelte mich und...

Was machst du denn da? knurrte die mythische Wölfin wütend.

Ich verwandle mich in eine Wölfin, sagte ich unsicher.

Wie das? fragte sie. Du kannst keine Wölfin sein.

Doch, ich habe jetzt ein schamanisches Erlebnis, du bist mein Tier, behauptete ich.

Ich bin nicht dein Tier, schnaubte sie. Ich bin mein eigen.

Sei doch nicht so empfindlich, nur für jetzt, sagte ich. Das ist für mich unheimlich wichtig. Ich brauche ein verbündetes Tier.

Dann hast du es jedenfalls falsch angefangen, sagte die Wölfin sauer. Ich laß' mich doch von dir nicht einfach einverleiben.

Ich wollte mir ja nur deine Kräfte ausleihen, sagte ich kleinlaut

Nur! Dann frag mich doch wenigstens, sagte sie.

Peinlich. Ich wußte nicht, wohin ich meine Augen wenden sollte, immer starrte sie mitten hinein, fragend, suchend, ohne Sympathie. Da war ich in den Wald gegangen, um Zauberin zu spielen, und hatte gleich alles verkehrt gemacht. Wenn ich sie wenigstens vor etwas hätte retten können, aber ihr drohte keine Gefahr, schon eher mir, es wurde kühl und feucht, und ich schlotterte. Sie legte sich immer noch unwirsch zu mir.

Ich hätte jetzt gern etwas für dich getan, dann hättest du gesagt, ich kann drei Haare von dir haben, zum Dank, dann hätte ich eine Art Kraftmedizin gehabt, sagte ich und schlief so langsam ein.

Da riß sie mir drei Haare aus, sprang in die Höhe und lachte wie verrückt. Ich hab's, ich hab's, rief sie und rannte davon, ich habe mich in eine Menschenfrau verwandelt. Ich habe sie überlistet. Ich bin eine Wolfsschamanin.

Mit anderen Tieren wurde ich vorsichtig. Aber ich sah eigentlich gar nicht mehr viele. Sobald sie spürten, daß ich eine großartige schamanische Erfahrung suchte, wichen sie mir aus. Es kam so weit, daß mich nicht einmal mehr Hunde wahrnahmen. Dabei hatte ich eine solche Angst vor ihnen, daß kaum ein Hund sich früher diesen Spaß entgehen ließ. Jedenfalls ging ich auf dem Höhepunkt meiner Tier-Krise spazieren, ein Bauer rechte sein Heu zusammen, und ein Huskie schoß auf mich zu, mit gefletschten Zähnen und eisblauen Augen. Der Bauer stützte sich auf seinen Rechen und beobachtete ihn. Kurz vor meinen Beinen machte der Hund plötzlich halt, fing an zu winseln und wedelte mit dem Schwanz. Völlig irritiert streichelte ich ihn und war erstaunt, daß ich nicht die geringste Angst empfunden hatte, als er so auf mich zugerannt gekommen war. Der Bauer schüttelte den Kopf: Das hätt' ich jetzt nicht gedacht, sagte er, daß der Sie nicht beißt. Da hab' ich heuer schon viermal die Versicherung gebraucht.

Mein Glücksgefühl war nicht vollkommen. Warum verschmäht mich dieser Hund, arbeitete es in mir. Was ist an mir, was die anderen vier Versicherungsfälle nicht haben?

Und dann fiel mir ein, daß die anderen vermutlich nicht SchamanInnen werden wollten. Das konnte ein Schlüssel sein. Monatelang konnte ich Tiere rufen, imaginieren, Tiergeschichten lesen, mich auf die Lauer legen – nichts geschah. Die einzigen, die mir treu blieben, waren die Mücken, die ich allerdings auch nicht wollte und mit einem Moskitonetz aussperrte.

Neidisch hörte ich die Tierträume meiner Freundinnen. Die schamanischen Durchstarterinnen präsentierten ihre Federn und ihre Botschaften. Nur bei mir blieb alles ruhig. Sehnsüchtig erinnerte ich mich an die Zeiten, als mir in Afrika noch Geparden zum Picknick zuliefen, Elefanten ihre Rüssel an mir hoch und runtergleiten ließen und ein Adler doch tatsächlich mal einen Stein in meinen Schoß fallen ließ. Vorbei. Vorbei auch die Zeit, in der Eidechsen und Geckos so zutraulich waren, daß ich vollkommen unbeweglich darauf warten konnte, daß sie sich auf meine Hand setzten. Vorbei der Traum, in dem ich eine Schlange gebar. Vorbei der Tag, an dem ich die dicke braune Erdkröte fand, die einen tiefen Ton quakte und sich weiter ins Loch zurückzog. Vorbei die Wildschweinfamilie, die zum Pfirsichessen in den italienischen Garten meiner Freundin kam und sich die ganze Nacht von mir zuschauen ließ. Vorbei auch die Nacht, in der eine Eule ins Zimmer flog und sich von mir kraulen und schließlich befreien ließ. Vorbei der Sommer, in dem ich den Habichtweg ging und elf Federn fand, bis mir schließlich der Habicht gegenübersaß und ich beinah abstürzte vor Schreck. Vorbei das Frühjahr, in dem ich ein Hirschgeweih mit acht Enden fand. Sogar meine Katze wich mir aus und streunte einmal wochenlang herum, ohne sich blicken zu lassen.

Mal das Bild von dem Tier, dem du begegnen willst, äffte meine Freundin mich nach. Ruf die Tiermutter. Streu spirituelles Futter aus. Denk über dein Lieblingstier nach.

Nichts half. Ich fuhr mit meiner Tochter nach Sri Lanka. Auf einer Reise durch das Innere der Insel kamen wir auch an dem Park vorbei, wo der uralte Elefant lebt, der bei der großen buddhistischen Zeremonie in Kandy die heiligsten Gegenstände trägt. Der Fahrer unseres Wagens drängte uns, den Elefanten zu besuchen, und wir stiegen aus und machten uns auf den Weg.

Er war an einer Kette am rechten Vorderfuß angehängt und konnte nur wenige kleine Schritte vor und zurück machen. Gerade hatte ihm sein Wärter ein paar Baumstücke mit Blättern hingeworfen. Er hatte ein großes Holzstück mit dem Rüssel umfangen und fraß die Blätter ab. Ich stand vor ihm, nicht besonders nah, auf keinen Fall bedrohlich, und sah ihn an. Plötzlich schleuderte er das Holzstück nach mir und traf mich genau in der Magengegend, ich könnte auch sagen, am Solarplexus. Ein mir unbekannter Reflex spannte im Augenblick des Aufpralls meine Magenmuskeln, so daß ich mich nicht verletzte. Da hast du dein schamanisches Erlebnis, sagte er, und seine listigen Augen musterten mich. Du wolltest doch Erleuchtung...

Am Abend schaute ich mir den blauen Flecken an und freute mich.

Auf den Schwing(ung)en der Rassel

Ich saß an einem kalten Abend in meinem Zimmer, nahm die Rassel und schüttelte sie ein wenig. Gleich sagte sie: Hättest du Hirse gegessen, wie ich es dir gesagt habe, hätte wohl was draus werden können.

Ich wollte erwidern, daß ich mich nicht erinnerte, von einer Rassel einen solchen Rat bekommen zu haben, aber sie redete und redete, und ich bekam kein Wort dazwischen – und das kommt bei mir wahrlich nicht oft vor.

Ich schüttelte sie weiter, da sagte sie: Schüttle mich ein wenig schneller, wo wir hingehen, ist es kalt, sonst mußt du erfrieren. Ich schüttelte sie also schneller, und tatsächlich wurde mir bald sehr warm. Die Körnchen in der Rassel perlten sanft gegen die Hirschhaut, bald klang es wie eine gemurmelte Erzählung, bald wie das Plätschern eines Baches. Dann wieder hatte ich den Eindruck, ich saß auf einem Pferdeschlitten und wurde durch eine steifgefrorene Landschaft gejagt.

Meine Hand bewegte die Rassel ohne mein Zutun, schien es. Ich schlief sogar gelegentlich ein, um von dem stetigen Prasseln der Rassel wieder an die Oberfläche getrieben zu werden. Ich weiß nicht, wie lange ich rasselte, wie weit die Reise ging, da stand ein Turm aus Eis vor mir.

Wenn du schlau bist, hörst du auf mich, sagte die Rassel. Was du auch sagst, sag niemals den Namen der Sonne, sonst ist es um dich geschehen.

Eine fast durchsichtige Frau kam aus dem Turm, lächelte mich an und streckte mir die Hände entgegen. Sie hob mich vom Schlitten und führte mich in ihren Turm. Ihre Hände waren eiskalt, ihre Wohnung war eiskalt, ihr Lächeln war noch kälter. Sie bot mir ein Stückchen schillerndes Eis an, das ich höflich ableckte.

Sag mir, was du hier suchst, fragte sie mich.

Ich glaube, es ist die Rasselfrau, die mich schickt, sagte ich. Ganz sicher bin ich nicht.

Daß es nichts gebracht hätte, eine Lügengeschichte zu erfinden, war mir gleich klar.

Warum schauderst du denn so? fragte sie wieder. Dir ist kalt? O ja, es ist kalt in meinem Reich, und selten verirrt sich eine zu mir. Da du nun den Weg gefunden hast, was willst du?

Sie soll dir den Weg zu ihrer Schwester weisen, flüsterte die Rassel.

Das sagte ich ihr, und sie sagte drauf:

Sag mir zuerst, was warm und hell macht.

Ich wollte schon loslegen: die Sonne. Da erinnerte ich mich an die Warnung der Rassel und sagte: die Liebe.

Da lachte sie und zeigte mir den Weg. Du mußt durch das Reich des Verrats, eine leichte Reise wird's nicht werden, meinte sie. Lächelte noch einmal und hauchte mich an, und siehe da: Ihr Atem war schon viel wärmer.

Auf den Schwingen der Rassel flogen wir nur so dahin, wohl wurde es wärmer, aber auch dunkler.

Wenn wir jetzt zur Gebieterin dieses Landes kommen, denk dran und sprich nicht vom Mond, sagte die Rassel. Wir standen in völliger Dunkelheit da, aber eine Stimme sagte: Selten verirrt sich eine hierher. Sag mir, was du hier suchst?

Deine Schwester schickt mich, sagte ich. Und zu ihr schickte mich die Rasselfrau.

Ein rauhes Lachen, ein winziges Lichtlein glomm auf, und ich sah eine ganz weiße Frau in Hüllen oder Häuten so dünn wie Pergament. Ihre Berührung war nur ein Hauch. Da du nun den Weg zu mir gefunden hast, sag mir, was du willst, fragte sie freundlich.

Sie soll dir den Weg zu ihrer Schwester weisen, sagte die Rassel. Ich sprach es ihr nach.

Aber zuerst mußt du mir noch sagen, was wächst und vergeht und wieder neu ersteht. Der Mond, wollte ich gerade sagen, da erinnerte ich mich an die Warnung und sagte schnell: die Seele. Sie lachte, wies mir den Weg, und ihr Händedruck beim Abschied war schon ganz kräftig. Ihr Land war das Land des Vergessens, und trostlos war es, ihr konturloses Reich zu fühlen und nichts zu sehen. Das Ziel meiner Reise wurde immer verschwommener, ich träumte dahin, erinnerte mich an nichts, bis mich die Rassel hart aus meinen Träumen riß. Bleib da, bleib da, prasselte sie auf mich ein.

Wieder flogen wir durch die Nacht, aber da erschien ein heller Schein am Himmel, und grau wurde alles.

Wenn wir jetzt zur Gebieterin des grauen Reichs kommen, darfst du niemals die Erde erwähnen, sagte die Rassel. Ich versprach's. Wir kamen an, und die Hüterin dieser Gegend erschien aus der Luft, grau in grau, aber gelegentlich schimmerte ein Regenbogen, golden, grün und silbern, durch.

Da schau her, rief sie, Besuch. Wir wollen etwas zusammen trinken. Sie klatschte in die Hände, und es regnete eine wohlschmeckende Flüssigkeit, die ich einfach in den Mund laufen ließ. Sie sah mir eine Weile lachend zu und sagte: Ich weiß schon, was du willst, aber zuerst mußt du mir eine Frage beantworten.

Da wußte sie allerdings mehr als ich, denn von dieser Reise wußte ich rein gar nichts, außer daß ich von der Rasselfrau angetrieben wurde.

Nenn mir einen Ort oder eine Kraft, wo alles entsteht, wächst, verblüht und neu entsteht. Die Erde, wollte ich rufen, erinnerte mich aber gerade noch an die Warnung der Rassel. Also sagte ich: die Traumzeit.

Da strahlte sie, und aus der Luft bildete sich eine Spirale, ein Wirbel, ein Rad, in dem alles, was je erträumt, erdacht und erlebt wurde, kreiste.

Jetzt hätte ich mir etwas erträumen können, wie sie mir anbot, aber ich hatte keine Hirse gegessen, meine Kraft verließ mich, und so sehr ich mich ärgerte, die Hand wurde lahm, ich hörte auf zu rasseln und fiel unsanft in mein Zimmer zurück.

Wo Füchsin und Hase sich Gute Nacht sagen

Fuchs Mutter

Es kommt so oft vor, daß es kaum erwähnenswert scheint: Ein Auto, in diesem Fall ein Schneeräumfahrzeug, bügelt einen Fuchs nieder, das sterbende Tier liegt am Straßenrand, der Autofahrer fährt weiter, wie sich die Welt weiter dreht. Scheiß drauf. Leben und Tod werden ja nur empfunden, unterschieden und gewertet, wenn es persönlich wird.

Ein Schneeräumfahrzeug überfuhr also dieses Tier, schleuderte es in die verschneite Wiese und fuhr weiter. Ich sah es, parkte das Auto und hastete durch den hohen Schnee zu dem sterbenden Tier. Faß es nicht an! rief der Freund, der mit mir gefahren war. Tollwut! Es war eine Füchsin. Ihre Milchdrüsen waren groß, offenbar hatte sie jetzt, im Februar, Junge. Ich setzte mich in den Schnee und hob sie auf meinen Schoß. Das Fahrzeug hatte ihr das Rückgrat gebrochen. Ich stützte ihre Wirbelsäule, streichelte ihr Fell und versuchte die letzten Augenblicke ihres Lebens so schmerzlos wie möglich zu gestalten. Plötzlich hob sie den Kopf und schaute mir in die Augen. Ich sah ihre Jungen, ich sah ihren Bau, ihre Sehnsucht nach dem Geruch des Waldes. Ich bin mitschuldig, sagte ich zu ihr. Ich fahre auch Auto, ich fahre gern schnell, ich hänge den Ellbogen zum Fenster raus, drehe die Musik laut und fahre 180, wenn's irgendwie geht. Genausogut hättest du mir vors Auto laufen können, und ob ich dann noch hätte bremsen können, weiß ich nicht. Ich habe noch nie ein Tier überfahren, aber vielleicht war das ja der pure Zufall.

Ich heule, aber es kommt mir vor wie blöde Sentimentalität, denn ich werde ins Auto steigen und weiterfahren. Ich kann nichts für dich tun, nichts für deine Jungen. Wenn ich's eilig habe, dann ist mir ein Fuchs oder ein Dachs im Grund egal. Was kümmert mich die Maus, die panisch um ihr Leben über die Autobahn rennt. Wie tief geht der Schock über einen überfahrenen Bussard wirklich? Schönes Tier, schade drum. Aber wie lebe ich denn mit Tieren? Was ist das für ein verlogener Romantizismus? Ja, die lieben Tiere, die müssen wir schützen, hier für Delphine spenden, dort Wale beweinen, ach und die ausgesetzten Kätzchen, sind sie nicht süß, und wie brutal die Menschen. Zusammen leben, jedes in seiner Art, was heißt das eigentlich? Jedes Wesen so leben lassen, wie es leben will und muß? Nicht füttern, nicht schützen, nicht ausrotten, nicht abknallen, nicht plattfahren, nicht mißbrauchen, nicht totschlagen, nicht kontrollieren, domestizieren, manipulieren, nutzen. Wie geht das?

Der letzte Blick der Füchsin war liebevoll, weich, sehr persönlich. Wie kann der Blick eines Tiers so persönlich sein? In diesem Augenblick fühlte ich, daß sie mich verstand, daß wir verbunden waren. Es gab keine Schuldfrage, es gab den Augenblick des Verstehens und das Annehmen des Todes. Wir leben, wir sterben, Menschen, Tiere, Pflanzen, kein Unterschied. Die Füchsin starb. Ich heulte – aus Sentimentalität.

Fast zwei Jahre später lag ich plötzlich auf dem Asphalt. Hingeschleudert, am Verbluten, gebrochene Knochen. Da hatte ich eine Halluzination, vielleicht war es auch eine Vision. Die Füchsin stand über mir und sagte: Du hast mir einmal geholfen, und jetzt will ich dir helfen. Ich will dir's vergelten. Sie legte sich auf meinen halbnackten Körper und wärmte mich. Als die Schmerzen unerträglich wurden, schob sie ihren Körper unter meinen und stützte meine Beckenknochen. Ihr Fell war weich und warm. Menschen halfen. Wenn ich jetzt ein Fell hätte wie sie, dachte ich, würde sich kein Mensch um mich kümmern, ich würde einfach daliegen, mit diesen grauenvollen Schmerzen, ein Auto nach dem anderen würde vorbeifahren, das eine oder andere würde vielleicht sogar noch einmal über mich fahren. Ich hätte keine Chance. Ich wäre nur ein Tier. Mein Schmerz würde in der Welt kein Gewicht haben. Jemand würde mich vielleicht packen und in den Graben werfen. Die Mutter der Füchse schaute mir in die Augen, bis ich das Bewußtsein verlor.

Versammlung

Halb vier Uhr nachts. Ich fahre durch den Wald nach Hause. Hinter einer Kurve steht plötzlich ein Hirsch auf der Straße. Oha. Gut, daß ich nur vierzig gefahren bin. Ich bremse, schalte das Licht aus, stelle das Auto am Straßenrand ab. Der Hirsch steht immer noch da. Ich steige aus. Tschuldigung, sage ich. Der Hirsch geht nicht weg. Hat er Tollwut? Hat er vermutlich nicht, denn er kommt auch nicht näher. Ich bleibe verlegen am Auto stehen. Sehe, wie sich ein Hase in unmittelbarer Nähe des Hirschen an einen Baumstamm lehnt. Hi! sage ich. Der Hase biegt ein Ohr vor und wieder zurück. Ich sehe einen Dachs, der bewegungslos auf der Straße liegt. Kauert? Oder wurde er überfahren? Ich will hingehen, nachschauen, aber er bewegt sich, und irgendwie spüre ich: Nichts tun. Abwarten.

Ich fühle mich beobachtet, wahrgenommen. Meine Augen gewöhnen sich an die Dunkelheit, ein paar Rehe tauchen zwischen den Bäumen auf. Was geht hier eigentlich vor? Zwei Eichhörnchen springen auf die Straße, pflanzen sich ziemlich dicht vor mir auf. Und auf jedem Pfosten, der seitlich die Straße begrenzt, sitzt ein Uhu. Mitten auf der Straße spielen drei junge Füchse mit einer leeren Bierdose. Das Geräusch eines Autos. Ich will die Füchse schützen, aber alle Tiere flitzen von der Straße, zwei gleißendhelle Scheinwerfer tauchen den Wald ringsum in grelles Licht, ein Motor heult auf, und der Wagen rast an mir vorbei. Der Lärm hallt nach, verklingt, Stille fällt. Alle Tiere stehen wieder da. Sind sie wirklich lebendig? Die Rinde der dicken Buche am Straßenrand scheint sich zu bewegen, Gestalt anzunehmen und wieder aufzulösen, wie ein alter gebeugter Mann oder ein Zwerg. Auf dem grauen Asphalt bildet sich hell ein Schleier, der aufsteigt, an einem Fichtenast hängenbleibt und in Gestalt einer fast durchsichtigen Frau wieder zu Boden sinkt. Überall brechen kleine und große Tiere aus dem Unterholz, Hufe klappern auf der Straße, Hecheln, schrilles Schreien, Bellen. Die Marder sind angekommen. Als hätten alle auf sie gewartet, sammeln sich die Tiere um die Marder mit ihren spitzen Zähnen und ihren unversöhnlichen, wachen Gesichtern. Ich rücke vom Auto ab.

Ein verächtliches Zischen ist zu hören. Wir wissen, daß es deins ist. Was? Ich? Meinst du mich? Wen sonst? Unsere Familien sind auf wenige Tiere zusammengeschrumpft! War das ein Reh? Sprechen die? Ich reibe mir die Augen. Was ist los, bin ich besoffen? Nein, du bist nüchtern, zum ersten Mal vielleicht! Haßerfüllt die Energie, die mir entgegenschlägt. He, paß mal auf, du

Marder... Nenn mich nicht du Marder, du Mensch. Ich bin eine Frau. Mir egal, du bist ein Mensch, du bist Zerstörung, Schmerz, Unverständnis, Taubheit, Blindheit, Gefühllosigkeit.

Augenblick. Das war die Eule. Sie dreht ihren Kopf einmal ganz herum. Sind überhaupt alle da? Naja, wann sind schon je alle da. Halt die Schnauze. Die Marderin zieht sich zurück. Was sollen wir tun? Ich glaube, das Eichhörnchen hat das gesagt.

Unauffällige, lächerliche Eichhörnchen, süß sind die, aber wenn sie halt so blöd über die Straße laufen... Mäuse kommen angerannt. Völlig außer Atem. Stille. Was ist mit den Ratten? Die Ratten kommen nicht. Die sagen, es nervt sie, ständig über Menschen und Autos und Gift zu verhandeln. Sagen die Mäuse.

Sie sagen, da hätten sie mal was Geiles gefunden, das hätte den Menschen richtig eingeheizt, kichert ein Marder. Die Eule gähnt. Was denn? flüstern die Rehe. Na, was hilft gegen die wohl. Die Pest. Die Pest, wispert es durch den Wald. Mit Schläuche anfressen klappt's jedenfalls nicht, höhnt ein Dachs. Keine Kollaboration, knurrt der Marder zurück. Irgendwann können sie sich das Material nicht mehr leisten.

Da könnt ihr lange warten, mische ich mich ein und erstarre: Alle Augen richten sich auf mich. Füchse, Hirsche, Marder, Dachse, Eulen, Rehe, Mäuse, Eichhörnchen, Käfer, Würmer, Fischreiher, Biber, Fischottern, Igel, Nachtfalter. Hilfe!

Ein Mensch! kreischt ein Igel. Ich fühle die hauchzarten Schleier um meine Schultern. Diese verdammte Scheißfee, schreit der Marder. Warum schützt du die? Narr, denk doch mal nach, sagt die Fee. Wir sollten sie im Schlaf auffressen, wispern die Ameisen. Na danke. Laßt sie sprechen, meint die Eule.

Ich bin in dem Sinn keine so günstige Vertreterin der Menschen, fange ich an. Viele denken, daß ich spinne, und wenn ich versuche, jemandem von dieser Versammlung zu erzählen... Ich muß lachen. Gute Geschichte. Vollversammlung im Wald, eine Fee schwebt runter, ein Rindenmann kommt aus einer Buche. Na, was haben Sie so getrunken? Blasen Sie mal hier rein. Und, äh, was sagen Sie, die Ratten schwärmen heute noch von der Pest als einzig wahrem Mittel gegen die Übermacht der Menschen, äh, ganz ruhig, wir holen mal schnell die netten Herren im weißen Kittel. Die Tiere hören mir höflich zu.

Äh, sage ich. Die meisten Menschen glauben nicht, daß es möglich ist, sich mit Tieren zu verständigen. Sie denken, nur Menschen können sprechen. Leises Kichern. Die Blätter einer Eiche reiben sich aneinander. Sie haben keine Zeit, auf Ausdrucksweisen zu lauschen, die sich ihnen nicht sofort erschließen. Sie denken, Tiere sind... Mein Hals ist wie zugeschnürt, die Fee wischt mir den Schweiß von der Stirn. Sie denken, Tiere sind minderwertige Wesen. Es lohne sich nicht, besondere Aufmerksamkeit auf sie zu verschwenden.

Raunen, Knurren, Brüllen, Schnattern, Flattern.

Gibt es ein Mittel? fragt die Eule. Ich bin überfordert. Ich soll ein Mittel gegen das wissen, das nicht nur die Tiere, sondern überhaupt die ganze Erde, die Seen und Flüsse, die Pflanzen, die Menschen selbst zerstört. Ich komme mir vor wie eine Hochstaplerin. Aber wie bin ich in diese Gesellschaft geraten?

Schsch, macht ein riesiger Totenkopffalter. Die anderen Wesen sprechen. Wer soll das sein? Ich gestehe, daß ich unwillkürlich an Menschen denke. Kommen irgendwelche Öko-Spontis? Spricht ein Grüner? Ich höre nichts. Der Schleier um meine Schultern streift mein Ohr. Das fühlt sich an, als würde eine genauere Frequenz eingestellt, eine Art Feineinstellung. Was still schien, ist jetzt ein Gewebe von Botschaften aus einzelnen feinen Tönen, Ticken, Klicken, Klacken. Und jemand sagt: Wenn es hier nicht Klick macht (ich sehe jemanden auf meinen Kopf deuten), macht es auch nicht Klack – nirgendwo. Wer ist das? Ich bitte um Übersetzung.

Oh, eine ganz neue Erfahrung – ich spreche mit den Hautporen. Das ist ein Wanderstamm der Kleinen, sagt die Eule. Sie bleiben nicht lange, sie sind unsere Boten, manchmal lassen sie sich auf einem Tier nieder und weiden es aus, dann ziehen sie fort und tragen ihr Wissen zu anderen. Es gibt nur noch wenige unter uns, die sie kennen und verstehen. Wer sie nah erfühlt und erlebt hat, stirbt meistens. Unter Menschen gab es früher Ver-Rückte, die mit ihnen sangen und tanzten und tranken.

Tanz! sagt dieser tiefe Ton, der das Knochenmark zum Schwingen bringt. Ich möchte tanzen, aber ich fürchte mich vor all diesen netten Tieren lächerlich zu machen. Der Schleier gibt mir einen kleinen Stoß, der Igel kriecht unter meine bloßen Füße, ich springe. Ha, sie springt, juchzen die Marder. Der Hirsch stößt mich mit dem Geweih, ich taumle, ein Reh fängt mich auf, ich drehe mich, die Eule dreht ihre Augen, schneller.

Jetzt spüre ich sie überall, die Alten, die Anderen, die Kleinen Wesen, wie sie von den Tieren genannt werden, die vorher da waren, das kleine, das ganz kleine Volk. Nur Stämme werden überleben. Ich lache. Genau. Drehe mich, die Buche hält meinen Blick mit ihrem Stamm fest. Schau mich an, und du fällst nicht. Tanz, und du verblödest nicht. Öffne deine Poren, sprich, horch, geh weiter, tiefer, nicht blockieren. Denk nicht, das gibt es nicht. Wage es. Lebe es. Los, die Marderin wirbelt mit mir, beißt mich in den kleinen Zeh. Mistvieh. Sie bleckt die Zähne.

Die Zeit der Furchtlosigkeit beginnt, pulsiert es durch meine Zellen. Du kennst uns, du kennst sie, du kennst dich. Übermütige, mutige Furchtlosigkeit ist die Voraussetzung für Verbindung und Verstehen. Wir können nicht bleiben und dich lehren. Aber wo wir sind, wirst du uns verstehen. Wo lebt ihr? Wir leben in unseren Räumen. Wir verteilen uns. Wir arbeiten in Labors. Wir testen Medizinpersonen. Wir springen sie an. Wir öffnen uns, lassen uns manipulieren und kehren mit neuem Wissen in unsere Räume zurück.

Ich tanze mit den kleinen Füchsen, wir kicken uns die Coladose zu, die Rehe fliehen, die Dachse schlüpfen in ihren Bau. Wildschweine kommen und tanzen mit. Viele. Diese Schweine! seufzt ein Eichhörnchen andächtig. Nachtfalter fliegen, schweben, schwirren, ziehen mich in die Luft, sind sie nicht schrecklich dünn und empfindlich? Bin ich nicht selbst schrecklich dünn und empfindlich geworden? Die Mäuse verabschieden sich, denn die Ruhe zwischen ihnen und den Eulen gilt nur für die Dauer der wichtigen Konferenz. Die kleinen Wesen fließen durch mich hindurch, belagern meine Leber, tanzen mir auf der Nase herum, klirren in meinen Ohren, hör uns, sieh uns. Mir ist schwindelig. Ich bin verwirrt. Der Schleier legt sich über die Straße, der Rindenmann brummt etwas und legt seine dürre Hand über meine Wange.

Ciao, sagt er. Das ist italienisch.

Ich weiß, sage ich. Woher kannst du italienisch?

Hier hat mal ’ne italienische Familie Picknick gemacht, kichert er.

Die fette Erde unter meinen Füßen riecht nach modrigen Blättern, nach Verwesung und Leben. Der Geruch steigt wie ein Rhythmus in meine Nase, breitet sich wie ein Trommelwirbel in meinem Hirn aus. Ein Rhythmus, eine Melodie? Ein Satz: Wachsen, gehen, vergehen, wiederkehren, wachsen, gehen, vergehen, wiederkehren.

Ach ja, das kenne ich. Die alte zyklische Geschichte: Geboren werden, sterben, wiedergeboren werden. Eso-Käse. Spitze Zähne, gnadenloser Blick. Die Marderin. Glaub bloß nicht, daß du gar so schlau bist. Mag sein, daß dir das banal vorkommt, aber so ist es nun mal, und du bist die letzte, die es kapiert und akzeptiert, wenn's an die Praxis geht. Sagt sie. Was ist denn jetzt los? War doch alles so lustig, so beschwingt. Ganz einfach, grinst sie. Du hast aufgehört zu tanzen. Wer nicht tanzt, verhärtet. Hart war noch nie weich, wie du vielleicht weißt. Und du? Bist du nicht hart? Nein, lacht sie. Nicht hart. Ich reiße. Ich fresse, ich liebe, ich genieße, ich sterbe. Nie hart. Pfoten weg, sage ich. Peinlich, daß ich mit dem Auto heimfahren muß!

Marder-Guerilla

Ich sitze auf dem Balkon. Es ist viel zu warm für Anfang März, so warm, daß ich in kurzen Ärmeln und barfuß dasitzen und die Sterne anschauen kann. Meine Lieblinge, die Plejaden, tanzen gerade Limbo, und Aldebaran legt ein Schlagzeugsolo ein. Mein Blick fällt auf zwei Augen. Ziemlich nah, ungefähr einen Meter von mir entfernt. Frau Marderin persönlich sitzt da und starrt, wartet. Die Rosinen können nicht das Problem sein, denn Rosinen streue ich praktisch jeden Abend aus. Nein, die Rosinen sind's auch nicht. Was willst du denn? Einen Schluck Hartgummi? Ein Kondom? Lakritze? Ein Walkmankabel? Verächtliche Stille. Oh, ich weiß, ich kenne sie, sie könnte sich verständlich machen, wenn sie wollte.

Wir kämpfen einen aussichtslosen Kampf.

Aha? Gegen?

Frag nicht so blöd, gegen die Autos natürlich.

Wie kommen wir gegen die Menschen an? Gegen die Autos?

Keine Ahnung. Weiß ich auch nicht. Wenn ich wüßte, wie ich verhindern könnte, daß Autos so rasend schnell fahren oder überhaupt fahren, daß so viele fahren und daß die, die fahren, so geistesgestört fahren, ich schwöre, ich würde es tun.

Du schwörst. Ich würde... Du würdest. Ich finde... Du findest. Du fährst doch selber. Wie eine Geistesgestörte. So schnell. So sinnlos.

Diese moralinsaure Marderin kann mir mal gestohlen bleiben. Sie bleibt indessen nur sitzen und starrt mich weiter an. Die Sterne schauen ruhig auf uns herunter. Der Abend verspricht spannend zu werden.

Nein, sage ich. Mein Auto aufgeben, wie stellst du dir das vor?

Ich lebe am Arsch der Welt, ich komm hier nicht mehr weg, wenn ich kein Auto habe.

Ich muß beweglich sein, sonst werde ich wahnsinnig.

Wie soll ich ohne Auto einkaufen?

Ich könnte rumtelefonieren und andere Leute mitnehmen.

Ich nehme doch sowieso alle AnhalterInnen mit...

Ich könnte auf die Post zu Fuß gehen....

Ich könnte mit dem Fahrrad einkaufen fahren...

Aber ganz aufgeben, nein, das kannst du nicht von mir verlangen.

Ich lasse es stehen, so oft es möglich ist...

Ich, äh, Baumsterben, Umweltbelastung, tote Tiere, Ozonloch, äh, diese Trendworte, äh, nerven mich langsam.

Du hast gewonnen.

Ich melde das Auto ab. Äh. Ich verkaufe das Auto. Äh. Ich verschenke es. Na gut. Ich verschrotte es.

Ich möchte auf den Schrottplatz von Lengrieß, sagt das Auto, ich möchte die Berge sehen können.

So langsam macht ihr mich alle wahnsinnig!

Kalis Kammer

Abstieg

Schmerz in Wellen. Mein Schmerz? Langgezogene Schreie. Meine? In meinem Innern formieren die letzten Kräfte sich zu einer Armee aus versprengten Impulsen. Die Körpergrenzen lösen sich auf. Schrilles Kreischen. Infernalisches Toben im Rhythmus des kämpfenden Herzens, Stimmen, Worte, die sich in einen Klangbrei auflösen wie verzerrte, zu langsame Tonaufnahmen. Die Bedeutungen haben sich verflüchtigt, aber wer ist das, die das denkt? Wer bin ich? Bin ich das Chaos eines Körpers in Auflösung? Bin ich das Hirn, das sich einfach über den zerstörten Körper erhebt und registriert, notiert, beobachtet, analysiert, neue Impulse eingibt? Bin ich der Mund, der schreit? Die Umnachtung, die befreit?

Stille. Der Gesang der Zerstörung, stetiger Rhythmus. Dunkelheit. Dahinter ein unergründlicher Lachimpuls. Wo bin ich? Was ist das für eine Zone, in der Fremde noch Zutritt haben, aber ich nicht hinauskann? Eine Schleuse. Pulsierende starke Wellen bis zur neuen Ohnmacht. Die Zellen des Körpers versuchen ihre alte Gemeinschaft wiederherzustellen. Aber viele Verbindungsteile fehlen. Die Impulse gehen ins Leere, suchen, geben Signale bis zur Schmerzgrenze, darüber hinaus. Gedanken helfen, eingestürzte Brücken zu bauen: Ich helfe dir. Wer hilft wem? Ich Uralte Erinnerung helfe dir Körper.

Impuls-Schübe prasseln durch gebrochene Knochen, Ohnmachten und Wiederauftauchen. Eine Bewegung läuft in kleinen Wellen durch den Körper und löst Schreie aus. Das Echo einer Bewegung trifft auf den Beginn einer neuen Bewegung. In Wogen brandet die Auflösung der Körperstruktur an, wird kontrolliert und bricht zusammen. Wallungen, Wälle, die einstürzen, neu aufgebaut nicht standhalten.

Dann verebbt der Schmerz, stiller Triumph des Körper-Chemie-Labors, aus den Trümmern wurden die Formeln für Glück, Stille, Heiterkeit, Schmerzlosigkeit geborgen, in Botenstoffe umgesetzt.

Wolkenkissenberge wiegen Haut und Knochen, kleine Glücksschauer, klares Gehör, die Außenwelt setzt sich neu zusammen und sendet Botschaften. Neue Schreie, Stöhnen, Rufen – alles von außen. Zerrissene Landschaften in grellen Farben. Ozeane von Schmerz.

Klagen, tiefes Stöhnen aus dem nimmermüden Maul der Qual.

Wo bin ich? Gesunken mit vielen ins Leid der Welt, wo sich manche kurz aufhalten, manche nie mehr entkommen können. Wozu all dieser Schmerz? Wem dient der? Warum läßt du das zu, Hel, Hekate, Cerridwen, Kali oder wie du heißt, du Hüterin dieser Unterweltstorturen, du Ruferin in der endgültigen Nacht? Warum ist diese Frau von einem Lastwagen überrollt, dreiundzwanzigmal operiert worden, verliert ihren Mann, ihre Kinder kennen sie nicht mehr, Schmerz ist alles, was ihr bleibt? Warum verfault diese junge Frau am lebendigen Leib, schreit, stinkt zum Himmel und zur Hölle und kann nicht leben, nicht sterben? Warum verhungert die Alte hier im Bett, verloren, verlassen, vergessen? Warum wurde diese stumm vor Entsetzen? Warum liegt in unbeschreiblichem Schrecken dieser auf einem Wasserbett und stirbt mit jeder Berührung, um sich zu nur schrecklicherer Folter neu ins Leben zurückzuschreien? Warum wird diese ins Koma geschleudert, jene in die Hölle ständiger qualvoller Erinnerung gestürzt? Warum verliert der Mann da seine Beine? Warum kommt der da wieder und wieder, zu immer neuen Hoffnungen und Enttäuschungen, gezeichnet von vielen Messern? All das Schreien und Weinen. Warum?

Warum nicht?

Warum ich?

Warum nicht du?

Jetzt hast du die einmalige, phantastische Möglichkeit, ganz bewußt Teil des Leids der Welt zu sein, es zu verstehen, aufzutauchen und es wahrzunehmen. Jetzt lernst du, daß es keinen Ausweg gibt. Alles ist, wie es ist. Nichts hat Bedeutung. Alles ist da. Du lebst damit, arbeitest damit, wirst überwältigt, überfordert, kämpfst, gibst dich hin, genießt, lachst, tobst, wütest, schlotterst, und es ist zu keinem Sinn und nicht zu Nutzen oder Absicht einer Macht oder Energie. Alles ist. Und so bist du auch.

Und?

Es gibt keinen Ort, wo Verantwortungen abgegeben werden können. Es gibt keine Menschen, die deine Taten, dein Nicht-Tun, deinen Schmerz beurteilen, verurteilen können. Jenseits aller Schuldzuweisung ist hier der Raum, in dem alles IST.

Da ist die unendliche Nacht, in der es kein Leid und keine Machtgelüste gibt. Der Gesang des Universums entfaltet sich frei, du nimmst ihn auf und vergißt nie die Wonne seiner Schwingungen. Du verdichtest dich in einem Körper und löst dich wieder davon.

Die unendliche Wiederholung des Unglücks und

der Glückseligkeit, neu erzählt, hergebetet, beschworen, verflucht, verdammt, gepriesen...

Kalika Ma

Kali trat aus der engen, dunklen Kammer in meinem Herzen. Sie roch nach warmem Blut, ich ekelte mich, aber ich hatte keine Kraft, mich zu übergeben. Ich konnte ihren Namen nicht sagen. Ich erinnerte mich an ihren Namen nicht, ausgerechnet an ihren nicht. Ich trug ihr Amulett um den Hals, in dem Rucksack auf meinem Rücken war eine Skulptur der Göttin Kali, eingewickelt in ein Tuch, zusammengebunden mit einem Buch von Ute Schiran „Menschenfrauen fliegen wieder". Und geflogen war ich, hoch über das Auto (I'm learning to fly, but I ain't got wings, coming down is the hardest thing) und landete auf dem Asphalt, auf dem Rücken. Der Rucksack mit Kali war hochgerutscht und stützte jetzt meine Halswirbelsäule: Vor dem Genickbruch war noch Kali.

„Maha" flüsterte ich. Nur Maha fiel mir ein. Maha, du weißt schon. Maha. Maha, die Große, die allumfassende. Maha, die Mächtige. Wenn ich das überlebe, mache ich eine Wallfahrt zu dir, sagte ich. Viel wird versprochen an der Schwelle des Todes, lachte sie. Ich kämpfe ja gar nicht um mein Leben, ich kämpfe um dich, sagte ich. Du weißt nicht, was du redest, sagte sie. Ich bin die Heilung, aber ich bin auch die Seuche, die Krankheit, das Verderben. Ich bin der süße Geruch der Leidenschaft, und ich bin der faulige Gestank des Todes. Ich wohne in der verborgenen Kammer deines Herzens, die du öffnest, wenn Wut und Verzweiflung dich führen. Ich bin die Farben der lebendigen Dunkelheit, die alle grellen Farben des toten Lebens überdauern. Läßt du mich jetzt auf dieser Straße wie einen

Hund verrecken? fragte ich. Warum nicht? meinte sie. Es ist nicht meine Art von Tod, sagte ich. Es ist nicht mein Zeitpunkt. Dann stirb nicht, sagte sie. Es liegt nicht mehr in meiner Hand, sagte ich. Zerbrochen. Sie versorgte mich mit allem, was zum Leben nötig war. Denk an die Wallfahrt, lachte sie. Nicht daß ich sie ihr schuldete. Kali schuldest du nie etwas. Du tust es, oder du läßt es. Maha Kali, Totengräberin, Hüterin der Leichen in deinem Keller...

Kalis Kammerzofe

Mit Krücke stand ich an einer kleinen Straßenküche in Kalkutta und aß Fried Rice. Ich dachte an einen Filmtitel: „Eine Frau unter Einfluß“, mit Gena Rowlands. Ich war unter Einfluß. Vielleicht war ich auch verrückt? Obwohl Indian Airlines streikten, hatte ich einen Flug von Delhi nach Kalkutta erwischt, in einer Maschine der Usbekistan Airlines, in der es nur wenige Sicherheitsgurte gab, aber vegetarisches und nichtvegetarisches Essen. Ich hatte mir Kalkutta erhinkt und war erstaunt, daß es mich überhaupt nicht schockierte. Ich stand mit dieser dünnen Haut der gerade dem Tod Entflohenen zwischen Menschen, die ständig mit dem Tod verhandeln. Ich teilte Bananen und Brotfladen mit den Kindern, und jetzt gerade kam ein Leprakranker auf mich zu und schlug mit seiner Krücke gegen meine: What happened? Ich erzählte von meinem Unfall. Er nickte und lachte und erzählte von seiner Leprakrankheit. Ein halber Arm war ihm schon abgefallen. Ich lud ihn zu einem Teller Fried Rice ein, und wir lachten und scherzten über die Mühen der Krankheit und des Todes.

Ich schleppte mich nach Kalighat, fand kein Taxi. Kalighat, einst ein Dorf der Kali, eine heilige Flußterrasse, der älteste Kalitempel steht in Kalighat, früher führten die Stufen des Ghats in den heiligsten aller Flüsse, den Ganges, Ganga. Heute ist der Fluß wohl einen Kilometer vom Tempel entfernt. Nur Hindus ist es erlaubt, an einer Puja, einem Fest für die Göttin Kali teilzunehmen und den Stein der Kali zu berühren, erfuhr ich von einer Priesterin. Wir verhandelten. Ich erzählte meine Geschichte. Gut, dann sollte ich zuerst im Ganges eintauchen, im Wasser der Göttin Ganga. Wir gingen hin. Ich hatte keine rechte Lust, da einzutauchen. Als ich mich doch entschloß, schwamm gerade eine aufgetriebene Kuh vorbei, jemand verrichtete sein Geschäft im Fluß, einer wusch ein Auto, eine blauschillernde Öllache floß träge vorbei. Die Elemente der Kali: Das Element Erde wird durch Müll und Scheiße vertreten, die Luft ist der Gestank des Todes und der Fäulnis, das Feuer ist die sengende Sonne, das Wasser ist Schleim, Dreckbrühe, Pisse.

Nein, sagte ich, deine Kammerzofe will ich nicht sein. Du bist mir zu dreckig. Ich bin nur der Dreck, der deine Seele verdunkelt, sagte sie. Du bist mir zu grausam, sagte ich. Ich bin nur deine Grausamkeit, die du nicht wahrhaben willst. Du bist mir zu gewalttätig, sagte ich. Ich bin die Gewalt, die dich innerlich zerstört, wenn du sie nicht annimmst. Ich springe aus deiner Augenbraue, wie ich aus Durgas Braue gesprungen bin. Ich zeige dir, wie grausam, gewalttätig und zerstörerisch du sein kannst.

Ich reihte mich in die Schlange der Kali-VerehrerInnen ein und ließ mich hineintreiben in die Spirale, die zu Kalis schwarzem Stein führte. Kleine Schritte. Geschoben und gedrängt. Ich verlor meine Krücke. Ich erlebte meine Wut, im Geist zertrümmerte ich noch einmal, wie früher, meine Wohnungseinrichtung.

Ich tötete, ich haßte, ich fluchte – und ich war frei. Jemand schob mich zum schwarzen Stein, auf dem drei Augen aufgemalt sind. Mit dem Finger in die drei Pupillen fassen, signalisierten mir viele Hände und Gesichter. Ich wurde hingeschwemmt und fortgerissen. Wallfahrt. Das Wallen, wie es im Bayerischen heißt – wie wahr. Jemand gab mir meine Krücke wieder.

Ich verließ den Tempel. Vor dem Haus der Mutter Theresa unterhielten sich zwei Amerikanerinnen darüber, was sie den armen Indern doch alles Gutes tun. Ich fühlte eine Wut wie schon lange nicht mehr. Marlboro Country rettet Indien. Zuerst wird die „dritte Welt" mit all ihren Schätzen, ihrer alten Geschichte und Tradition, ihren Bodenschätzen, ihrer Kunst ausgebeutet, ausgepumpt und ihrer Kultur beraubt, dann kommen die Besserwisser aller Länder und vereinigen sich in der internationalen Helfer-Arroganz. Spuckte ich Feuer? Ich hatte keinen Grund. Ich war auch nicht besser. Vor meinen Augen legte sich ein Kind auf die Erde und starb. Andere Kinder spielten weiter, wieder andere waren schon zu schwach, um sich zu bewegen, und lehnten an einem Mäuerchen, schauten in die untergehende Sonne. Für sie war die Sonne nie wirklich aufgegangen. Ich ging vorbei.

Was tat ich? Kann ich acht Millionen Verhungernde retten? Deine Gewalt ist die sichere Distanz, sagte Frau Kali, das Miststück. Ich fahre nicht mehr Auto, ich esse kein Fleisch, verteidigte ich mich. Du kaufst billige indische Kleidung, du genießt das Privileg der ersten Welt, auch wenn du nichts weiter tust. Und wie gern du Bananen ißt! Du machst mich wahnsinnig, schrie ich in meinem Hotelzimmer. Ich ertrage nicht, wie du mich für alles verantwortlich machst! Du bist für alles verantwortlich, sagte sie und schaltete MTV ein. Für alles, was du tust, was du denkst, was du träumst, und für alles, was du nicht tust. Du kannst dich nicht mehr rausziehen. Und dasselbe gilt für alle anderen Menschen. Sagte sie.

Kalis Kamm

Die Nacht roch nach Verwesung. Tote Kinder öffneten in meinem Traum die Münder zum tonlosen Schrei. Meine eigenen Schreie vermischten sich mit der Sirene der Ambulanz. Die sterbende Füchsin, die ich auf dem Schoß gehalten hatte, bis sie tot war, drehte ihren Kopf zu mir, und ihre Augen blickten vom Tod kühl glänzend in meine. Ich schreckte aus dem Schlaf, lief im Zimmer auf und ab, schwitzte, weinte. Las ein Buch von Pasolini über Indien, in dem er den Tempel von Kalighat als das Widerlichste bezeichnet, das er je gesehen hat. Mit großer Befriedigung registrierte ich, daß auch im „Magisch Reisen"-Buch über Indien von Wulfing von Rohr nur Ekelhaftes über Kalighat und Kali selbst zu lesen war. Sogar Günther Grass hatte seine Probleme mit Kali. Sogar. Warum auch nicht.

In dieser Nacht wuchs sie mir zu, setzte sich auf mein Bett, mit ihrem samtdunklen Leib berührte sie den meinen, ihre Geierkrallen streichelten meine Gänsehaut, ihre Lust weckte meine. In wilder Umarmung mit dem Tod genoß ich zum ersten Mal mein Überleben wirklich. Da tanzte sie in meiner Herzkammer und zupfte mir die Flöhe aus dem Pelz, die mir ins Ohr gesetzt worden waren. Sie striegelte mein dünn gewordenes Fell und entfernte Parasitenverklammerungen, Abhängigkeiten, Bewunderungen. Sie rollte die gekringelten Haare auf meinem Venushügel mit ihren zarten Fingern neu ein und erinnerte mich daran, daß Leben Lust und Überleben Übermut erzeugt.

Sie gab mir neuen Biß und Hand und Fuß. Vor meinem Fenster wurde still gestorben. Doch wenn du tötest, dann töte wirklich, sagte sie. Und verschanz dich nicht hinter Lebensqualität, wirtschaftlicher Notwendigkeit und Konsumfreiheit.

Kali Karma

Trotz Flugstreiks bekam ich einen Flug von Kalkutta nach Delhi. Gegen vier Uhr morgens landeten wir. Vor unseren Augen kam ein anderes usbekisches Flugzeug vom Himmel, überschlug sich, fing Feuer. Noch ehe die Feuerwehr kam, fingen schon beherzte Menschen an, die Fluggäste zu evakuieren. Trotz großer Gefahr wurden alle Passagiere aus der brennenden Maschine geholt. Aus der Morgendämmerung blitzte Kali mich verschwörerisch an. Alles ist möglich. Alles. Alles ist da – aber wo bist du? sagte sie, und sie war schön und hell und voll bunter Blüten. Die Hüterin des Todes ist die mächtigste Expertin des Lebens, flüsterte sie. Die Erpressung gilt immer der Angst vor dem Verschwinden. Wer das Verschwinden und neu Auftauchen kennt, ist nicht mehr erpreßbar.

Sie flog in ihren vielen Schichten aus Düften und Wohlgerüchen und stürzte sich pfeilgleich auf die Erde, sie schoß auf mich zu, ihr wildes Lachen erschütterte mich bis aufs Mark. Wir landeten in Frankfurt. Sie trug mein Gepäck. Gelegentlich ließ sie es schweben. Sie lachte. Ich hatte diese sanfte Camembert-Stimmung. Sie schickte ihre Botschaften aus. Ich legte mich auf den Rücken und pfiff – und alles kam.

Lehrzeit bei den Ratten

Kommt Zeit, kommt Rat, kommen Zeiten, kommen Ratten?

Ganz falsch, sagt die Ratte.

Ich ekle mich vor deinem Schwanz, sage ich.

Ich ekle mich vor deiner starren Haltung, vor deinem eckigen Gang, vor deiner Unfähigkeit zu rennen, dich zu drehen, zu schlüpfen und zu schleichen, sagt sie.

Du bist gefährlich, sage ich.

Du bist blöd, sagt sie.

Du bringst Krankheiten, sage ich.

Die in eurem Müll gedeihen, sagt sie. Ihr Menschen seid verkommen. Ihr könnt nicht einmal die Lebensgrundlage halten, die ihr selbst braucht.

Ich sage nichts.

Wir sind die Ältesten, sagt sie. Es ist besser, wenn du mal zuhörst. Du weißt von der Welt nichts. In deinen Zellen ist kaum Erinnerung. Wenig, sagen wir.

Nett, daß du mir ein bißchen was läßt, sage ich.

Es geht nur um das sportliche Element, sagt sie. Ohne Hoffnung kann deine Art ja nicht überleben. Wir brauchen nichts, wir mutieren, wir passen uns vollkommen der Lebensgrundlage an, die wir vorfinden.

Ganz toll, sage ich.

Ich verstehe, daß das für dich deprimierend ist.

Die Ratte setzt sich auf die Hinterbeine und putzt sich die Vorderbeine. Ich denke an das, was mir eine

Nachbarin mal erzählt hat: Kontaktgift. Sie laufen drüber, irgendwann putzen sie sich die Pfoten und gehen kaputt. Mich würgt es im Hals.

Was hast du? fragt die Ratte.

Ich hoffe, du bist nicht über Kontaktgift gelaufen, sage ich.

Ach, nett, daß du dir um mich Sorgen machst, gerade du, die ständig Gift einatmet und es nicht mal merkt. Wir nehmen Gift auf, analysieren es in unserer alten Erinnerung, entwickeln ein Gegenmittel und verarbeiten es. Wir lassen die Jungen unbekannte Gebiete testen. Die Jungen riskieren es und sterben vielleicht, die Alten sind uns wichtiger. Sie sind die Weisheit unseres Stammes. Wir brauchen sie nötiger.

Ich sage nichts.

Jaja, sagt sie. Weiß schon. Sentimentaler Kitsch, Kinder opfern und so. Wir haben keine Pfarrer, und Kirchenmäuse kennen wir nur von unseren ausgedehnten Wanderungen.

Ich beschließe, ganz ehrlich zu sein.

Hör zu, sage ich. Ich komme einfach über diese Horrorbilder nicht hinweg, die es bei uns von Ratten gibt. Ratten, die über Menschen herfallen, Ratten, die Tausende, Millionen von Menschen durch die Pest töten, rücksichtslose, schier unbesiegbare Ratten.

Oh, ich dachte, du sprichst jetzt von Menschen. Ich komme einfach über diese Horrorbilder nicht hinweg, die wir von Menschen haben, Menschen, die Tausende, Millionen von Menschen und Tieren schlachten, hinmetzeln, Menschen, die grundlos töten, vernichten, ausrotten und immer weiter forschen, neue Methoden suchen, um alles zu zerstören.

Die Runde geht an dich, sage ich.

Komm mich besuchen, sagt sie. Mach dich klein.

Ich mache mich klein und krieche auf allen Vieren ihr nach.

Sie führt mich tief unter das Waschhaus, das Loch habe ich immer gesehen, nicht bemerkt. Ein glatter Gang, poliert von vielen kleinen Körpern mit feinen schwarzen Pelzchen. Der Gang öffnet sich in eine Höhle. Dort sitzen viele, viele – uack! Hilfe! – viele kleine und große Ratten. Ich wußte nicht, daß sie noch hier leben. Ich wußte nicht, daß sie in den Untergrund abgetaucht sind. Sie mustern mich mißtrauisch, feindselig. Ich putze meine Arme und Hände.

Sie ist nur zur Ausbildung da, sagt die Ratte.

Wer lebt hier? frage ich.

Sag es ihr nicht, sagt eine alte, fast graue Ratte. Sie verrät uns, sie vergast uns.

Nein, sage ich. Niemals würde ich das tun.

Meine Lehrerin beschwichtigt. Ich sagte dir doch, sie lernt. Sie wird mal Übersetzerin, wenn sie es schafft.

Brauchten wir noch nie, brummt die Alte.

Sie braucht das, verstehst du denn nicht! sagt meine Rattenfreundin geduldig. Sie ist am Ende. Sie versucht etwas zu verstehen, ehe sie untergeht.

So könnte man es nennen, sage ich verlegen.

Kühle Aufmerksamkeit auf mir.

Hier leben die Mütter und die Großmütter mit den Kindern. Wir ziehen unsere Kinder gemeinsam auf.

Wozu mußt du einer Zweibeinigen alles erzählen! erregt sich eine junge Ratte. Was geht sie das an?

Wir leben in einem Netz, sagt eine uralte Ratte, die in der Ecke liegt und zu schlafen schien. Es gibt Geschichten, die von Verbindungen zwischen Ratten und Menschen wissen!

Erzähl uns eine! rufen die Kleinen, die schon nähergekommen sind und mich beschnuppern. Wir setzen uns alle nieder, und die Uralte erzählt.

Ein Hirte hatte einen Sohn. Er schien ein bißchen blöd zu sein, sogar die Wäscherinnen verspotteten ihn. Du bist so einfältig, daß du nie eine Braut finden wirst, sagten sie. Joschi, der Hirtensohn, kümmerte sich nicht um das, was die Leute im Dorf sagten. Er träumte und spann den ganzen Tag herum, wühlte in der Asche und im Schlamm und sang seine Lieder, die niemand verstand, die aber doch sehr schön waren.

Eines Tages findet er eine kleine rote Perle auf der Erde. Er hebt sie auf, läßt sich von der Mutter eine Schnur geben, zieht sie auf und trägt sie um den Hals. Am nächsten Tag geht er wieder dem Wald zu, findet wieder eine rote Perle, hebt sie auf, fädelt sie zu der vorigen dazu und bindet die zwei wieder um. Es wird euch kaum wundern, daß am nächsten Tag wieder eine rote Perle auf der Erde liegt, ganz nah am Waldrand, bei einem Loch, das tief in den Boden führt. Er hebt die Perle auf, fädelt sie auf seine Schnur, und wie er das gerade tut, kommt eine junge Rattenfrau aus dem Bau. So hast du also meine Brautgeschenke gefunden, sagt sie erfreut. Brautgeschenke? sagt der junge Joschi. So haben wir nicht gewettet.

Was stört dich denn daran? fragt die junge Rattenfrau. Ich suche einen Mann, du suchst eine Braut, ei warum sollten wir denn nicht zusammenkommen? Es geht aber nur, wenn du die Prüfung bestehst.

Wie ginge denn die? fragt Joschi nun schon ganz neugierig.

Du mußt mich deinen Eltern als Braut vorstellen und auf einem Wägelchen mit mir zusammen durchs Dorf zu ihnen fahren.

Das wird schlecht gehen, zögert Joschi. Wie werden sie mich da wieder verhöhnen und verlachen. Am Ende erschlagen sie mich noch mit dir zusammen, das täte mir leid, auch für dich.

Könntest du mich denn lieben? fragt die Rattenfrau? Wie er sie so anschaut, erscheint sie ihm plötzlich als das wunderfeinste Wesen, so zart und dunkelhaarig, klug und lebensfroh, daß er sich keine schönere und bessere Braut denken kann.

Ich tu's, ruft er also aus. Was hab' ich zu verlieren? Im Dorf hab' ich nur Hohn und Spott und keinen Nutzen daraus.

Sie küssen sich, und eine große Liebe erfaßt sie. Joschi eilt nach Hause, erzählt seinen Eltern von der lieben Braut, die er gefunden hat, und daß er sie am Sonntag nach der Kirche holen wird. Die Eltern schütteln wohl die Köpfe, was redet der Narr da schon wieder! Aber am Sonntag sind sie doch neugierig und wetzen auf ihrer Kirchenbank hin und her, während der Sohn die Braut holt.

Joschi rennt zum Bau des Rattenstammes und kriecht hinein, so wie du zu uns gekrochen bist. (Die Uralte schaut mich an und nickt mir zu.) Eine hohle Wurzel wird flugs zur Kutsche, vier junge kräftige Ratten spannen sich davor, Joschi und seine Braut steigen auf, und los geht's, hinaus in den frischen Sonntag, wo gerade die Menschen recht feierlich aus der Kirche kommen. Joschi juchzt und jodelt und drückt seine Braut. Der Wagen saust um die Ecke auf den Kirchplatz. Die Menschen erstarren. Joschi ist's einerlei. Er liebt nun mal gerade diese und keine andere, soll reden, wer will.

Aber wie erstaunt er sich, als die Menschen auf die Knie gehen und die Köpfe beugen, denn das tun sie nun mal, blöde wie sie sind, wenn sie etwas unerwartet Großes erleben. Und als der Joschi seine Braut anschaut, da ist sie in Menschengestalt schon von der feinen Kutsche gestiegen, flüstert den Ratten, die jetzt Rosse sind, etwas in die Ohren, haut ihnen auf den Hintern, lacht, und hastdunichtgesehen sind sie weg. Auf ihrem Kopf trägt sie eine blaue Kappe mit vielen bunten Bändern, die mit ihrem schwarzen Haar über den Rücken fallen. Ihr grüngoldenes Kleid glänzt in der Sonne, der Pfarrer muß sich abwenden, so neidisch ist er. Aber Joschi breitet die Arme aus, und die junge Braut springt hinein. Er wirbelt sie herum, und sie stößt einen hohen Pfiff aus. Denn vermutlich weißt du, daß die Menschen nicht pfeifen dürfen, weil sie damit die Ratten und die Geister rufen, lächelt die Uralte. Und vermutlich weißt du nicht, daß Ratten eine andere Gestalt annehmen können, wenn sie sehr glücklich sind.

ZEICHEN LESEN/SETZEN

Wofür wurden die Fingerabdrücke erfunden? Eine Zeitlang erschien es mir fast logisch, daß es sie gab, damit die Polizei sie einem abnehmen konnte, denn die schienen die einzigen zu sein, die etwas mit dieser Einmaligkeit anfingen. In einem Fingerabdruck zeigt sich nämlich eine uralte spirituelle Erkenntnis, die sicher durch alle Religionen gelaufen ist: Jedes lebende Wesen ist einmalig, großartig, ein Wunderwerk an Schönheit, Genauigkeit und Fähigkeiten. Nicht einmal Zwillinge haben die gleichen Fingerabdrücke. Sie träumen ja auch nicht das gleiche, wenn sie schlafen.

Viele Frühgeschichtsgravierungen auf Steinen zeigen Muster, die Fingerabdrücken ähneln. Linien, die Botschaften enthalten und Jahrtausende später wieder gesehen, gespürt und gelegentlich sogar entschlüsselt werden.

Klopfzeichen rufen Geistwesen. Die Linien der Fingerspitzen tappen auf Stein, auf Holz, auf Tierhaut, schließlich auf eine Trommel. Mit jeder Berührung gibt der klopfende Finger die Identität preis und ruft. Wer ist da? Wer ruft? Die Linien der Fingerkuppen drucken sich durch, bilden ein leuchtendes Muster jenseits der materiellen Welt, werden abgelesen, erkannt.

Tanzende Füße graben ihre Linien in die Erde, in den Staub, auf Steine, in Lehm. Stampfen, pochen, pulsieren. Das Lebendige ruft die Unsterblichen. Tief graben sich die Zeichen in die Erinnerung des Seins.

Dieses Muster wird von diesem Wesen getanzt, diese Handlinien erzählen eine Geschichte. Diese Fingerspitzen drücken Botschaften sanft oder wild durch das Tor in die anderen Ebenen. Etwas hat Hand und Fuß: Ich gebe mich zu erkennen, nehme Kontakt auf, zeige das Muster meines Lebens, meiner Erinnerung, meines alten Wissens. Ich gebe ein Zeichen, das ich selber noch nicht kenne, aber während ich meine Zeichen zeige, beginne ich sie zu entschlüsseln und erkenne andere Zeichen, die ähnlich entstanden sind. Sie tauchen aus dem Unbewußten auf, sie werden weitergegeben von Generation zu Generation. Und wenn es keine Sprache, keine Bibliotheken, keine Videotheken, keine Computerzentren, keine Archive mehr geben wird, solange es Menschen gibt, liegt alles, was von ihnen gewußt, entwickelt, erfahren werden kann, im Mikrokosmos dieser Linien.

In jedem Menschen verändern sich Zeichen und Botschaften geringfügig. Neues kommt hinzu, etwas Altes wandelt sich dadurch, eine kaum wahrnehmbare feine neue Linie entsteht.

Wer liest die Zeichen? Wer entschlüsselt sie?

In den Labyrinthen unserer Haut reisen die Boten, beleben das Erfahrene und versuchen es uns ins Bewußtsein zu heben – ein langer, komplexer Prozeß. Mit der Sprache ist das Fühlen und Lauschen verkümmert, mit der Schrift ist das Erzählen zurückgegangen, mit Bildschirmen wird die Fähigkeit, Zeichen zu setzen und zu lesen, abnehmen. Aber die alten Zeichen bleiben. Sie liegen in der Luft. Sie sind uns auf die Haut geschrieben. Sie sind auf uns nicht angewiesen, obwohl wir sie tragen. So wie die Quelle sprudelt, auch wenn niemand trinkt, schwingen die Zeichen auf unserer Haut, auch wenn niemand sie entziffert. Und irgendwann kommt ein Wesen, das spielerisch die Botschaft dieser Zeichen auffängt und umsetzt, in Bilder, in Schrift, in Felsgravuren, ja vielleicht sogar in Videofilme oder Bildschirmtexte.

Mit den Fingerspitzen Muster nachzeichnen: Die Botschaften werden lebendig, die Erinnerung wird wach. Alte Muster er-fassen, be-greifen heißt auch, ihre Bedeutung wieder erfahren. Es liegt auf der Hand, ich habe es in der Hand: Meine Hand umschließt die alte Form. Ich empfinde, was vor hundert, vor tausend, vor zehntausend Jahren oder noch früher schon vor mir jemand empfunden hat. Unsere Gedanken, unsere Träume verbinden sich: Ich begreife, was war. Mit dem Finger er-fahren: Wieder und wieder die Linien mit den Fingerspitzen entlangfahren, ein Rhythmus entsteht, ein Gesang steigt auf – Geschichte aus den vielen Schichten deuten lernen.

Den Zeichen ist es egal, wie sie gelesen werden.

DAS KOSMISCHE WIRTSHAUS II

Ich habe es geschafft: Ich stehe wieder vor dem alten Steinhaus inmitten eines Bambuswaldes. Kein Feuer vor dem Schrein. Überhaupt sieht es so aus, als sei lange niemand hier gewesen. Ein ungutes Gefühl beschleicht mich. Was passiert eigentlich, wenn Orte der anderen Welten, in denen du dich sehr wohl fühlst, zerstört werden? Ist das überhaupt möglich? Meine Unruhe erzeugt Kälte. Zögernd öffne ich die Tür. Leer. Alles ist leer.

Urta?

Niemand antwortet.

Ich setze mich auf den Holzfußboden und vertiefe mich in die Holzbohlen, die dunkel, abgenutzt, von vielen Berührungen poliert, schimmern. Kein uralter Mann, der einst Bestandteil des Fußbodens schien. Keine Kiffer, keine Tibeter, keine kartenspielenden Weiber. Keine Fische, keine Hirschkühe. Ich schaue in meine Handflächen, mein Gesicht spiegelt sich undeutlich wider. Ich schaue genauer. (Vielleicht weißt du, wie ungeheuer schwer es ist, auf einer Trancereise das eigene Spiegelbild zu sehen. So schwer sogar, daß in vielen magischen Erzählungen behauptet wird, man habe in der anderen Welt, als Wesen der anderen Welt, überhaupt kein Spiegelbild.) Langsam treten die Augen ganz deutlich hervor. Ich sehe das Flackern der Photozellen, die arbeiten, um Informationen weitergeben zu können, ich sehe den Augenhintergrund, wo alles umgedreht wird. Verkehrte Welt wird zur richtigen. In den Linien meiner Hände, die tiefe Schluchten sind, ziehen Karawanen von Staubmilben dahin, die sich durch die tiefen Staubdünen quälen.

Ich klopfe auf den Boden. Fühle, wie im Rhythmus des Klopfens die Zellen meiner Hände geweckt werden, wie das Holz antwortet, wie das Echo im Raum suchend in alle Ritzen fällt. Der immergleiche Rhythmus meiner Frage.

Keine Antwort.

Ich stehe auf. Schaue aus dem Fenster. Überall Bambus. Schön. Das Haus steht auf einer Lichtung an einem steilen Berg. Ringsum Berggipfel, grüner Pelz bedeckt sie. Nur das Wispern der Bambusblätter ist zu hören.

Ich gehe in die Küche. Kein Feuer. Der Topf steht allerdings da. Jetzt bekomme ich Lust, das Wirtshaus so langsam zu meinem zu machen. Ich puste ins Feuerloch und sage: Feuer. Und tatsächlich, da fängt ein Feuerchen an zu brennen. Ich stelle den bauchigen schwarzen Topf auf das Gestell. Was soll hinein in meine Suppe? Ich beginne mit den Kräutern, wie ich das bei Urta gesehen habe. Dann lache ich hinein. Dann träume ich Bilder von wilden Flüssen und goldenen Felsen im Abendlicht hinein. Mildgrüne Steppen, blaue Seen wie Augen im Land. Gesang. Stampfende Füße, lachende Gesichter. Füllige, wohlschmeckende Nahrung, wohliges Fettgefühl. Kühne Pfiffe für alle guten Geister. Tiefer Atem, heilender Schlaf. Alles hinein. Ich singe die Suppe zum Kochen. Sie ist klar und voller verborgener Andeutungen. Wo werde ich sie essen? Draußen? Nein, ich will sie in den großen leeren Raum tragen. Ich hebe den Topf auf und gehe hinüber: Da spielen die Frauen Karten, da steht Urta und schwatzt mit dem uralten Mann im Holz, da rollt sich der Fisch ein wenig auf dem Holz, da gähnt die Hirschkuh, die Kiffer schauen sich irritiert um.

Wir dachten schon, es gäbe nie etwas zu essen! mault eine der Kartenspielerinnen.

Wer sind alle diese Gestalten? fragt Urta.

Das muß ich dir wohl nicht lange erklären, oder? frage ich zurück.

Vielleicht erinnerst du dich, daß du mal dieses Wirtshaus geführt hast, zeitweise sogar mit mir.

Urta lächelt mich an.

Irgend etwas stimmt doch hier nicht.

Warum lächelst du so? Erinnerst du dich nicht?

Sie holt tief Luft und streckt sich.

Ich weiß gar nicht, wie ich hierherkomme.

Es dämmert mir. Sie hat sich einen Körper gesucht, ist in die andere Welt gewandert, und jetzt fängt sie gerade an, sich an ihre Heimat zu erinnern. Die Wandlung! Nichts bleibt, was und wie es war. Die Energie bündelt, verbündet sich zu einer Form und löst sich wieder auf. Kannst du die Energie in eine Form rufen, so kannst du Materie schaffen. Erkennst du deine Energie, so kannst du durch verschiedene Ebenen in die Heimat deiner Ur-Kraft reisen und zurückkehren in alle anderen Welten. Was ist mit den Kartenspielerinnen? Wissen sie das?

Wo bleibt die Suppe? fragt eine.

Ich versuche es:

Wolltest du nicht kochen? frage ich vorsichtig.

Wozu? Du hast ja schon gekocht. sagt sie. Du warst einfach schneller.

Hätte ich warten können, bis du kochst? frage ich.

Klar, sagt sie. Aber dann wäre es nicht deine Suppe gewesen.

Warten kannst du immer. Irgend etwas passiert immer. Aber was?

Und wenn du mal kochst? frage ich.

Dann wird es meine Suppe sein, sagt sie. Wer weiß, was sie in dir anrichtet. Wer weiß, ob du sie je essen wirst.

Mitten zwischen all den Wirtshausgästen lege ich mich auf den Boden und versuche mir einen Reim auf alles zu machen. Ist es nicht mein Wirtshaus? Koche ich da meine Suppe? Wirke ich da meine Verwandlungen? Träume ich das hier, oder ist das meine wirkliche Heimat, und wenn ich zurückgehe in die materielle Welt, träume ich sie? Ist hier der Ursprung dessen, was ich in der materiellen Welt erlebe, habe, verliere? Könnte ich hier, sagen wir, einen Stein sehen, in seine Gestalt rufen und dort, in der Welt der Körper finden?

Versuch's, sagt der Stein.

Übrigens, die Suppe kann ich dir empfehlen.

Wunde Punkte

Die Natur ist doch blöd. Ist sie nicht schon überall bedroht? Nein, sie muß sich an den Menschen rächen und sich selbst noch mehr schaden! Dieser Wirbelsturm neulich: Wie viele Bäume sind da wieder umgefallen! Wie viele Pflanzungen wurden zerstört! Da schrieben die Boulevardblätter mit Recht: Die Natur schadet sich selbst. Die Natur schlägt zurück.

Also du mußt dir das so vorstellen: Es gibt eine Art sportlichen Wettbewerb. Der Mensch erfindet irgendeine Erdölschweinerei, eine Chemiekeule oder etwas Ähnliches. So, liebe Natur, was sagst du dazu? Da fällt dir nichts mehr ein, wie? Da bist du machtlos? Eins zu Null für den Menschen.

Aber – zu früh gefreut, jetzt schlägt die Natur zurück. Wirbelsturm, Vulkanausbruch, Erdbeben. Sind die Menschen nicht schon genug gestraft! Nein, auf das Erdbeben in Kalifornien folgt eine Schlammlawine, die auch die restlichen unzerstörten Villen umnietet! Unfair. Undemokratisch von der Natur. So, jetzt aber, wir sind wieder dran. Wir knallen der Natur jetzt die Gentechnologie hin, wirst schon sehen, was du davon hast, Naturgewalt! (Das erinnert mich, daß der Staat das Gewaltmonopol hat, steht im Grundgesetz, aber die Natur liest ja nicht, sie ist ja so dumpf...)

Findest du das reichlich albern? Finde ich auch. Aber so läuft mittlerweile die Naturkatastrophen-Debatte. Als sei die Natur eine bockige alte Frau, die zu störrisch ist, um sich dem Lauf der Zeit zu beugen. Der Lauf der Zeit ist das Überschaubare, Ordentliche, Klare, Vernünftige, Rationale und vor allem, der Profit, die Leistung, der Erfolg, der Fortschritt.

Die unberechenbare Natur ist mega-out. Und Frauen sind es auch. Wir lesen es in den Kolumnen. Stillende Mütter werden mit lockeren Worten diffamiert, ökologisch bewußte Frauen gelten als Schreckschrauben des neuen Zeitalters. Die Natur und die Frauen sind eins, da kannst du fragen, wen du willst. Der Mann gilt nicht als Natur. Der ist scheinbar aus Plastik. Aber die Frau, mit ihrem Zyklus, mit ihrem Blut, mit ihrer Intuition, ist die wahre Vertreterin der Natur und kann sich als Verkörperung der Natur schlechthin dumm anreden, diffamieren, auslachen lassen.

Ich könnte jetzt einmal wieder daran erinnern, daß Frauen ohne Männer lebensfähig sind, Männer ohne Frauen aber nicht – doch lassen wir das. Wir haben uns an den fehlenden kleinen Strich beim Y-Chromosom gewöhnt, wir wissen, daß Männer das schwache Geschlecht sind, wir wissen, daß sie anfällig, empfindlich, schutzbedürftig sind (kein Grund zum Eingreifen, auf jeden schutzbedürftigen Mann stürzen sich zehn schützende Mütter). Was wir noch ergründen müssen: Wo liegt der Hund begraben, wenn Männer in Regierungen, auf Kongressen über die Zerstörung der Regenwälder, der Ozonschicht, der Atemluft, der Gewässer, der Erde diskutieren, sich aber praktisch nichts ändert?

Die Medien verbreiten ein Bild von der „Natur", das mittlerweile die meisten Menschen befriedigt: edle Raubtiere, liebliche grüne Landschaften, wildzerklüftete Berge, ein Fluß in der Abendsonne, ein Sonnenuntergang. Die Vorstellung von Natur hat sich auf wenige Ikonen reduziert. Wenn die Natur von diesen Bildern abweicht, ist sie „böse“ und „selber schuld“, daß sie nicht mehr geliebt wird. Daß Fäulnis, Krankheit, Naturkatastrophen, Tod, Verwesung Teil der Natur sind und immer waren, paßt einfach nicht in die PR-Aktion der Medien. Ich sehe gern schöne Naturbilder im Fernsehen, heißt es, eben besagte Ikonen, die sich beliebig variieren lassen und knopfdruckartig Gefühle produzieren. Durch schöne Landschafts- und Tieraufnahmen, durch Wolkenbilder, Sonne, Mond und andere Symbole werden wir ruhiggestellt, ah, wie schön, jetzt geht's mir besser, das tut mir gut. Ich will das Böse, das Schlechte nicht sehen, da, schau die netten Affen, die lustigen Katzen, die treuen Hunde...

Die Plastikversionen von Natur bevölkern auch das Gebiet der Esoterik, der spirituellen Künste, der Magie. Aus irgendeinem Grund zaubern Hexen, vollbusig, verführerisch, hauptsächlich in naturparkartigen Wäldern. Meditation findet zwischen bunten Wiesenblumen statt oder auf erhabenen Bergeshöhen. Esoterische LehrerInnen sind jung, gesund, schön, strahlend. Das Tabu Krankheit, Alter, Häßlichkeit und Tod ist in esoterischen Kreisen vielleicht noch unberührbarer, obwohl dauernd darüber geplappert wird. Wie in Hollywoodfilmen wird auch in esoterischen Kreisen nicht gerülpst, gefurzt oder gar geschissen.

Die Natur ist ja so undankbar! Man bemüht sich, wo man kann, und verteidigt die Natur, bringt den armen Menschen nahe, warum die Natur für uns so wichtig ist, dann geht man in den Wald, und diese verdammten Zecken fallen einen an. Irgendwo hört der Spaß auf! Da können sie schon mal ein bißchen Lindan reinsprühen. Ich meine, man kommt da in friedlicher, naturfreundlicher Absicht, und diese Zekken kapieren's einfach nicht. Machen keinen Unterschied zwischen dem BASF-Manager und einem Naturschützer, so geht's ja auch nicht. Und mit der Tollwut – das ist so 'ne Sache, die überlebt man halt nicht, gell, da muß schon was unternommen werden, abknallen, die Füchse, klar doch. Es gibt eh zu viele. Zuviel Rotwild – ausrotten! Gelegentlich müssen wir der Natur schon helfend unter die Arme greifen. Sie kriegt es ja offensichtlich nicht mehr auf die Reihe, und der Mensch ist doch der genialere Schöpfer.

Noch ein wunder Punkt: Wie gern würde die eine oder der andere aufs Auto verzichten (ich fahre ja so gut wie nie!), aber die Mobilität ist doch eine der größten Errungenschaften der Menschheit, die können wir nicht einfach aufgeben. Mag die Natur aufjaulen – in acht Stunden bin ich mit dem Auto in Südeuropa, in zehn Stunden bin ich mit dem Flieger in Asien, und da ist wieder ein 24-Stunden-Trip auf die Seychellen zu gewinnen. Das macht Laune. Da muß das Ökologische zurückstehen, wir wollen ja nicht eng werden, gell?

Über den Müll reden wir gar nicht erst. Wer von Kongreß zu Kongreß reist, wer mit der großen Welt beschäftigt ist, kann seinen Müll nicht trennen, die Frau vielleicht, die Hüterin der kleineren, der Innen-Welt, die hat ja nichts weiter zu tun! Überdies ist das die ureigenste Aufgabe der Frau: das Pflegen und Bewahren der Familie und der Natur. Dafür haben wir die Frauen, daß sie sich um den Müll kümmern. Ausnahmen, ja, ja, geschenkt. Einen Doktor der Philosophie, einen Professor gar wirst du doch nicht mit Bechern und Blistern belästigen wollen. Oder mit einer Diskussion über die Produktion von zukünftigem Müll. Mag auch der Dalai Lama sagen, daß es eine schöne buddhistische Übung ist, wenn du das Papier vom Zellophan trennst, damit du ordnungsgemäß Müll entsorgen kannst, welcher erfolgreiche Mann hat dafür heute noch Zeit? Wenn schon Übungen, dann in einem tibetischen Kloster oder wenigstens in einem buddhistischen Zentrum in der Schweiz. Wie macht sich Richard Gere vor einem Mülleimer, mal ehrlich?

Gehen wir bis zum bitteren Ende: Nichts bringt uns so konsequent gegen die Natur auf wie Angst, Schmerz und Kälte. Mag auch das Feuer zu Lichtmeß wunderschön, der Vollmond hinreißend gewesen sein, wenn ich Schmerz leide, scheiß ich auf die Natur, da hilft doch nichts so schön wie die Chemie. Alter und Tod schieben wir vor uns her, bis man uns mit der Keule niederschlägt, denn die Liebe zur Natur gilt nicht für die Bereiche, wo sie Schatten wirft, stinkt und uns häßlich alle Facetten irdischen Verfalls zeigt.

Ich will ja keine Spielverderberin sein. Wasch deinem Mann oder Freund ruhig die undankbaren Baumwollpullover vom Ökoladen. Richte ihm meinetwegen die Reisetasche für den Umweltkongreß. Fahr ruhig selber hin und zu allen Jahreszeitenfesten in den Wald und singe, summe, tanze, was das Zeug hält. Aber vergiß nicht Avocadocreme, Thunfischsalat und Bananenmilch. Um diese drei Themen könnte es gehen, wenn du dich das nächste Mal mit einem Stein, einem alten Baum oder einer Blume unterhältst. Avocadocreme, Thunfischsalat und Bananenmilch repräsentieren alle Probleme, die wir der Natur aufbürden.

(Was du selber herausfinden und tun kannst, tust du bitte selber, ich kann mich nicht um alles kümmern, sagte mir neulich eine Fee und schlug mir drei Wünsche ab, weil sie ahnte, daß ich nur Blödsinn damit vorhatte. Und dann sagte sie was ganz Gemeines: In deiner Gesichtscreme sind Teile von toten Embryos drin. Widerlich, diese Feen heutzutage.)

Traumweben Bildersprechen Zauberspinnen

Ich kam von einer Diskussion nach Hause und war wütend. Eine Abgeordnete der Grünen hatte mich nach allen Regeln der Kunst zerlegt. Magie, so was Unpolitisches! Was soll denn das! Abheben, in der Luft schweben, über Verwandlung und Verdichtung nachdenken, während die Welt zerstört wird! Vergeblich hatte ich – was übrigens gar nicht meine Art ist – den politischen Gehalt meiner spirituellen Arbeit erklärt und mich für die meditative Feinarbeit entschuldigt. Für meine Beschreibungen der spirituell-politischen Aktionen z.B. in Greenham Common (gegen die Pershing-Raketen), in Wackersdorf (gegen die Wiederaufbereitungsanlage) oder auch gegen die Neonazis hatten die Politfrauen nur Hohn und Spott übrig. Meine spirituelle Arbeit hat sich aus dem politischen Engagement seit 1968 entwickelt, und es ist mir nicht völlig egal, ob mich jemand als unpolitisch bezeichnet. Der Kragen war mir erst geplatzt, als mich eine anfuhr: Da werden fünfzigtausend Frauen vergewaltigt, und du zauberst zu Hause vor dich hin.

Aha, sagte ich, und was hast du getan? Vielleicht warst du auf dem Klo? Wie pietätlos. Vielleicht hast du ja auch gerade mit deinem Freund geschlafen? Oder hast gekocht und gegessen, wie unpolitisch von dir. Oder war es vielleicht sogar so, daß deine Miete erhöht wurde, dein Freund dich verlassen hat und du sowieso andere Probleme hattest und dich nicht auch noch um fünfzigtausend Vergewaltigungen kümmern konntest? Ist es nicht so, daß unsere Empörung, unsere Wut, unser Engagement heute hauptsächlich von Medienberichten gestartet wird und seine Dauer von der Körperchemie abhängt?

Ich gebe zu, ich war sauer und reagierte völlig aus der Wut heraus. Am meisten ärgerte mich, daß die Politikerinnen, die öffentlich jede spirituelle Arbeit kritisieren und mit Hohn übergießen, nicht selten zu Frauen wie mir zum Kartenlegen und Horoskop auslegen, Handlesen oder gar zum Heilen oder Liebeszauber kommen möchten. Denn der private Konflikt, der Liebeskummer, die existentielle Not reißen die Barriere zur geächteten Disziplin ein. Ich erinnerte mich daran, daß auch in der Zeit der Hexenverfolgung gerade die Fähigkeiten einer Heilerin oder Seherin ihr nicht selten zum Verhängnis wurden und daß es gerade Menschen waren, denen sie geholfen hatte, die sie später denunzierten.

Meine Katze Tiga saß auf dem warmen Holzboden vor dem Ofen und putzte sich, als ich ihr wütend alles erzählte. Sie gähnte, leckte sich das Fell, rollte sich ein und schlief.

Du blödes unpolitisches Mistvieh, sagte ich.

Ich heile mich selbst und heile ein Stück der Erde. Sagte sie das, oder dachte ich das?

Ich gehe in die Traumzeit und gestalte meine Träume, webe das Material der Nacht, aus dem die Gestalt des Tages wächst.

Ich horchte.

Traumgewebe ist der Nährboden der Wirklichkeit.

Ich beschreibe die Bilder der Welt, wie ich sie sehe. Während ich sie beschreibe, fängt sie an, in dieser Erscheinung wirklich zu werden. Was ich sehe, was ich ausgesprochen habe, erhält einen Platz in der Welt. Wird sich Raum nehmen. Wird wachsen.

Ich saß in einem Flugzeug auf dem Weg nach London, wo ich meine Schwester besuchen wollte. Neben mir machte sich ein Mann mit einer Zeitung breit. Zuerst schluckte ich es, daß er mir den ganzen Raum wegnahm. Ich wollte nicht sofort Streit anfangen. Aber als er mich mehr und mehr zum Gang abdrängte, stemmte ich meinen Ellbogen gegen ihn und wollte ihm gerade die Zeitung falten, als mein Blick auf einer Schlagzeile im Sportteil hängen blieb: Caster of Spells, Weaver of Dreams. Ich war mit den Begriffen Traumweberin, Bildersprecherin, Zauberspinnerin ins Flugzeug gestiegen. Wie Billardkugeln rollten sie durch mein Gehirn, stießen Erinnerungen, Möglichkeiten, Träume und Pläne an, alles rollte, fiel durch Löcher und wurde wieder hochgeholt. Jetzt diese Schlagzeile.

Ich saß starr da und überlegte, welche Bedeutung diese Schlagzeile für mich hatte, da sagte der Mann ungeduldig zu der Frau an seiner anderen Seite: Hey, dreamboat, what do you want? (Die Stewardess stand gerade vor uns und bot Getränke an.) Dreamboat? Ich dachte an das Boot, das in vielen Phantasiereisen Ausgangspunkt für aufregende Reisen ins Innere der eigenen Traumwelt war. Ich stieg in das Boot und fuhr übers Meer.

Mein Traumboot war aus dünner Fischhaut gemacht. Durch die transparente Wand konnte ich die Fische sehen, die sich im Wasser tummelten. Ich lag auf dem Boden des Bootes und starrte hinunter in die Meerestiefe. Da blieb das Boot plötzlich stehen und fing an zu sinken. Ich war wie in eine Haut eingenäht. Ich konnte atmen. Bis auf den Grund sank ich. Da stand ein uralter, verkrusteter Kessel. Muscheln und Schnecken bedeckten seine Oberfläche. Ich stieg aus der Haut und ging auf den Kessel zu. Ich starrte hinein. Die dunkle Flüssigkeit zeigte mir das Spiegelbild meiner Augen. Sie waren gelbbraun mit großen, schwarzen Pupillen. Als ich meinen Mund öffnete, um etwas zu sagen, sah ich auch das Spiegelbild meines Mundes.

Ich bin eine Traumweberin. Früher wurde ich in Träumen aus meinem Körper gestohlen, ich rannte, ich floh, ich wurde bedroht, manchmal auch beschenkt, aber alles geschah mit mir. Nicht selten erwachte ich erschöpft und verstört.

Jetzt träume ich, was ich gestalten werde. Ich bin die Wege meiner Träume wieder und wieder gegangen. Jede Bedrohung habe ich gerufen und fortgeschickt. In jedem Traum kann ich eingreifen oder in Zwiesprache gehen. Ich arbeite auf der anderen Seite des Gewebes, wo alle Fäden sich kreuzen und vernäht werden. Ich arbeite an der Nahtstelle, wo Traumgewebe und Wirklichkeit zusammentreffen. Wo ein Faden festgenäht wird, kann er von oben nicht herausgezogen werden, wo etwas aufgetrennt wird, bleibt das Muster nicht bestehen. Ich bin für meine Träume verantwortlich.

Ich bin eine Bildersprecherin. Die Bilder, die ich sehe, beschreibe ich. Was einmal ausgesprochen ist, bleibt in der Welt. Der Fluch bindet die Fluchende an das Ziel. Mit vielen Nabelschnüren bleiben die gesprochenen Worte mit uns verbunden, deshalb spreche ich das aus, womit ich verbunden sein will. Was ich nicht an mich binden will, löse ich in Laute auf und setze sie neu zusammen. Ich wähle meine Worte, denn was Ausdruck gefunden hat, zeigt sich. Was formuliert wurde, nimmt Form an. Nimmt Raum ein. Ich bin für meine Bilder verantwortlich.

Ich bin eine Zauberspinnerin. Was ich träume und gestalte, was ich ausspreche, kann ich in die Welt setzen. Was fest ist, kann gelöst werden, was noch nicht in Erscheinung getreten ist, kann sichtbar gemacht werden, was scheinbar unwandelbar ist, kann Gestalt wechseln. Was ich binde, muß fest sein, doch was ich gebunden habe, muß ich auch lösen. Was ich banne, muß gebannt bleiben, doch ich muß die Kraft finden, das Gebannte zu lösen und zu überwinden.

Auch für meinen Zauber bin ich verantwortlich.

Indem ich Träume webe, Bilder spreche und Zauber spinne, verbünde ich mich mit den Alten, denen, die vorher da waren. Ich kann keine eigenen Gesetze machen, ich bin nicht stärker als das Netz, das mich trägt. Ich kann keine Heldin sein, ich kann nur verbunden sein und erfahren, was ich wissen muß.

Nicht retten, verändern, eingreifen, dozieren, missionieren ist mein Ziel. Ich will sehen, was ist. Ich will sehen, welche Folgen meine Handlungen, meine Worte und mein Nicht-Tun haben. Ich will begreifen, wie alles ineinander greift.

Übergriffe: Da schickt eine Licht, da meint eine, Energie über andere gießen zu müssen. Da heilt eine, da verhindert eine andere. Da beschwört einer, da wandelt ein anderer. Wenn du andere retten willst, schau in den Spiegel.

Träume können lähmen. Worte können zerstören, Bilder können töten.

Träume können gestalten, Worte können rufen, Bilder können heilen.

Ich muß mich entscheiden. Du mußt dich entscheiden.

Besuch im 12. Haus

Seit ich mich mit astrologischer Philosophie beschäftige, rätsele ich, was das 12. Haus im Horoskop denn wirklich bedeutet. Natürlich gibt es jede Menge Fachdefinitionen, die mich aber nicht restlos befriedigen. Die Schulastrologie sagt, das 12. Haus zeige Hindernisse, Gefahren, unbekannte, nicht ausgelebte drohende Ereignisse, es sei, sagen andere, das karmische Haus, in dem sich offenbart, was eine/einer mitbringt ins Leben, die Aufgaben, die man zu lösen habe, das Dunkle, Düstere, Rätselhafte. Ich habe nichts gegen diese Beschreibungen, ich kann nur nichts damit anfangen. Alles schnöde Theorie. Ich spüre nichts.

Ich hatte schon immer den Eindruck, daß das 12. Haus etwas über die Zeit vor meiner Geburt aussagt und das 1. Haus etwas über die Zeit unmittelbar danach. Ich stelle mir das, kurz gesagt, so vor: Da treibe ich als lockere Ansammlung von Energien durch das Universum. Plötzlich entsteht irgendwie, irgendwo in dieser Ansammlung von energetischen Mikroteilchen die Lust, sich in einer festen Form zu verdichten. Die zielgerichtete Reise durch den Weltraum beginnt. Sie muß nicht unbedingt auf der Erde enden, da es ja viele mögliche Existenzgrundlagen gibt. Wir haben uns aber für die Erde entschieden und steuern diesen Planeten an. Mit der Fähigkeit aller universellen Wesen, weite Entfernungen in einem Augenblick zu überbrücken und auch Lichtjahre entfernt noch Vorgänge wahrnehmen zu können, richten wir unseren Blick auf die Erde.

Da ist diese unglückliche junge Frau, der Mann schlägt sie, sie hat eine kleine Tochter, die von ihrem Mann auch schon einmal übel zugerichtet wurde, weil sie nicht gehorchte. Diese kleine Familie hat einen allerliebsten Garten, einen Hund Maxi, einen Kater Peterl, eine dicke Großmutter, die sich nicht einschüchtern läßt, eine Tante, die Motorrad fährt. Alle Energien schließen sich kurz: Die Frau wird schwanger. Würde sie jetzt abtreiben, würden wir alle diese Entscheidung als die unantastbare Freiheit dieser Frau respektieren und uns zurückziehen. In diesem Fall ist es aber anders. Obwohl der Mann will, daß sie das Kind verliert, hält sie es mit ihrer Liebe fest. Sie steigt auf hohe Berge, durchquert das steinerne Meer, springt von Felsen und hält doch an dem Kind fest. Der Augenblick der Geburt nähert sich. Jetzt müssen wir landen. Wir wirbeln in die Erdatmosphäre, ein Schwindelgefühl, hohes sirrendes Klingen überall, es wird eng und dunkel, wir verteilen uns auf den Körper des Kindes, der nun wild gepreßt und geschüttelt wird, es wird wieder eng, und dann wird's hell.

Was mir an dir sofort aufgefallen ist, sagt dazu meine Mutter, du hast nach der Geburt nicht geschrien, sondern gelacht.

Wir speisen alle Zellen des Körpers mit den uralten Informationen, die wir mit uns trugen. Während wir das Wissen einspeichern, verlieren wir es, es wird vage, kaum noch identifizierbar. Wenn wir den Vorgang des Programmierens nicht abgeschlossen haben, ehe das Wissen sich in uns auflöst, wird der gerade geborene Mensch wenig Möglichkeiten haben, etwas davon abzurufen.

Wir haben jetzt unsere universellen Koordinaten vollständig verloren, jede Erinnerung an die Existenz im freien Raum ist gelöscht. Wir sind jetzt ich.

Im Horoskop beginnt das 1. Haus: die Beschreibung der gerade geborenen Person. Ihre individuelle Kraft, ihre Kombination von Eigenschaften, der Startpunkt ihres Lebens. Das 12. Haus sinkt in den Schatten der Vergessenheit. Im Lauf des Lebens arbeitet sich jeder Mensch wieder auf das 12. Haus zu, das zugleich auch das Ende des Lebens beschreibt. Im Lauf eines Tages, eines Monats, eines Jahres, eines Planetenzyklus laufen wir immer wieder über das 12. Haus, treten immer wieder über diese kritische Schwelle zwischen dem 12. und dem 1. Haus und merken es nicht einmal. Immer wieder wird diese Zeit, diese besondere Energie berührt, denn alles dreht sich, und überall kommen wir immer wieder vorbei.

Ich werde in meinem Leben ein besonderes Problem mit dem 12. Haus entwickeln: In diesem Zeitraum, etwa von Mitte Juni bis Ende Juli, bin ich außerordentlich schutzlos und gefährdet. In dieser Zeit löscht ein Liebeskummer fast mein Leben aus, beißt mich eine Tropenspinne, befällt mich mal ein Magengeschwür, mal eine Nierenentzündung, meine erst vierjährige Tochter schnappt in dieser Zeit eine Gehirnhautentzündung auf, ich verliere einmal eine Wohnung, ein anderes Mal betrügt mich eine Freundin, ich schneide mir fast den Finger ab und breche mit einem akuten Ischiasanfall zusammen. Mir in dieser Zeit nichts vorzunehmen, entschärft das Problem nicht: Eine latent schlummernde Malaria bricht aus.

Ich beschließe, das 12. Haus zu träumen, spirituell zu erkunden, Phantasiereisen ins 12. Haus zu machen. Kein Ergebnis. Es bleibt dunkel. Ich male ein Bild,

„Mein 12. Haus", darauf ist eine Frau zu sehen, deren Haut links braun und gesund aussieht, eine Löwin kommt unten links ins Bild, rechts liegt ein skelettierter Kuhkopf, und die Haut der Frau auf der rechten Seite ist hell, mondlichtbeschienen. Eine blaue Blume erscheint auf der rechten Seite des Bildes. Ich male das Bild ganz intuitiv, ohne nachzudenken, die fahle, kühle Seite des Bilds scheint das 12. Haus zu sein, die Frau steht auf der Schwelle, halb im Totenreich, halb ins irdische Leben geboren. Das Bild befriedigt mich, ich stelle es sogar aus, denke, ich habe das Problem des 12. Hauses gelöst. Im Juni habe ich einen sehr schweren, beinah tödlichen Unfall.

Das erschüttert mich schon ein bißchen, denn ausgerechnet in dem Augenblick, als ich denke, das 12. Haus nicht nur wirklich wahrgenommen, sondern auch enträtselt zu haben, passiert mir das Schlimmste, das mir je in diesem Zeitraum zugestoßen ist. Und doch gesellt sich zu jeder 12.-Haus-Katastrophe ein Glückszufall. In diesem Fall ist es ein Chirurgie-Professor, der als erster an der Unfallstelle ist und mir das Leben rettet. Um den körperlichen Tod scheint es also in meinem 12. Haus nicht zu gehen (wäre ja auch das 8. zuständig, sagt meine Freundin, die Astrologin, und ich sage, es ist mir eigentlich ziemlich egal, in welchem Haus ich sterbe).

Ein gewisser Galgenhumor steigt in mir auf. Wie kann das noch überboten werden – ich humple an Krücken, baue mühsam den Körper wieder auf, bin der Tödin aus den Armen gesprungen. Der Juni naht und vergeht ohne besondere Ereignisse. Anfang Juli zünde ich ein harmloses deutsches Streichholz an. Ein kleiner Teil des Köpfchens springt unter Mißachtung aller physikalischen Gesetze direkt in mein rechtes

Auge und verbrennt die Netzhaut in der Mitte der Pupille. Wie es jedoch der närrische Glückszufall will, steht just eine alte Frau neben mir, die eine gute Augenärztin ums Eck kennt. Ich eile hin, sie verordnet mir, nach Einsalbung des Auges, acht Stunden kompromißloser Dunkelheit, die eine Bewegung der Augen verhindern soll.

Ich liege also mit einer doppelten Augenklappe auf dem Bett. Zuerst sind die Geräusche der Straße fast unerträglich laut. Dann bildet sich eine wattige, weiche Schicht um mich herum. Ich bemühe mich, nicht einzuschlafen, um nicht in REM-Schlaf zu fallen und die Augen zu bewegen. Ich stelle mir vor, wie ich die Augen fixiere, als seien sie für die nächsten acht Stunden aus Glas.

Willkommen im 12. Haus. In meinem 12. Haus gibt es ein Bett, auf dem ich acht Stunden lang liegen darf. Mein 12. Haus ist verdunkelt. Meine Augen können nur nach innen sehen.

Die Sonne gehört nicht ins 12. Haus, sagt die Stimme einer Astrologin. Warum denn nicht, verteidige ich meine Sonne, heißt das nicht, daß ich mit meiner Lebensenergie ins dunkle Universum leuchte?

Du öffnest Fenster in karmische Bereiche, denen du vielleicht nicht gewachsen bist. Anstatt fest in diesem Leben verankert zu sein, zieht es dich in andere Ebenen, warnt sie.

(12) Ich sehe mich über kargen Wüstenboden wandern, die Sonne brennt herab und bringt die Steine zum Klingen. Ein mumifiziertes Kind, ein verdorrter Baum mit vielen bunten Bändern – ich gehe immer weiter. Doch plötzlich sehe ich ein Felsentor zwischen großen Steinblöcken.

(11) Ohne zu zögern gehe ich hindurch und befinde mich in einem Festsaal. Dicht gedrängt stehen die Menschen, nippen an Getränken, unterhalten sich. Irgend ein Preis wird verliehen. Ich trage Tabletts mit Getränken herum. Eine Frau nimmt mich am Arm und zieht mich auf die Seite. Du kannst mehr, sagt sie. Ich helfe dir. Ein Mann wirft mir seinen Autoschlüssel zu. Ich fange ihn auf. Geh hinaus, du wirst immer Hilfe finden, sagt die Frau und gibt mir völlig unvermittelt eine Ohrfeige.

(10) Ich trete aus der Tür ins Freie, da steht ein hoher Baum. Die Äste sind fast wie eine Treppe, mühelos gelange ich zur Krone hinauf. Da hockt eine Kröte. Sie öffnet ihr Maul und quakt. Ein Geier hat sich auf einem Ast niedergelassen und putzt sein Gefieder. Du kannst auf dem Schatz der Welt sitzen und dich doch in die Luft erheben, sagt die Kröte. Du kannst fliegen und dennoch den Schatz nicht verlieren, sagt der Geier. Die Kröte führt mich zu einem Tor aus Ästen und Blättern.

(9 Sie schiebt mich durch, und ich stehe in meinem Zimmer, wo viele Bücher, Fahrkarten, Flugtickets und Fotos herumliegen. Da ich mein Zimmer schon kenne und nicht daran zweifle, daß hier noch viele überraschende Angebote auf mich zukommen, gehe ich aus der Tür...

(8) ... und schwimme auf dem tiefen Grund des Meeres. Obwohl ich Angst habe zu ersticken, weil ich nicht so lange tauchen kann, droht offenbar keine Gefahr. Da sagt ein Delphin: Warum willst du deine Gegner in die Ecke treiben. Jedes Wesen hat das Recht auf einen würdevollen Rückzug. Es ist nicht fair, jemanden total zu vernichten.

(7) Ich tauche auf, und als ich aus dem Wasser

steige, ist der Strand die Haut meiner Liebe. Ich höre die Stimme, fühle die Fingerspitzen, streichle, küsse, telefoniere. Immer ziehst du dich zurück und bleibst unberührbar, höre ich. Das ist, weil ich es besser weiß, sage ich. Allein bist du nicht überlebensfähig. Bleib berührbar!

(6) Ich drehe mich um und stolpere in den Bildschirm meines Computers. Mit bunten Ölkreiden male ich Buchstaben, die im Computer zu kleiner, übersichtlicher Schrift werden. Ich schwebe in der Luft und singe ein Gedicht, ich tanze und bilde Satzpyramiden, auf die ich klettere, um mich Wort für Wort wieder herunterzuarbeiten. Zwischen den Ritzen der Buchstaben finde ich Fotografien, in denen ich mich verlieren könnte, so vertraut und so fremd sind sie mir. Ich reibe meinen ganzen Körper damit ab. Ereignisse bleiben auf meiner Haut kleben. Ich will sie entschlüsseln.

(5) Aber da falle ich rückwärts und lande auf einem Berggipfel. In der Erschöpfung liegt schon eine gewisse Lust, höre ich mich zu jemandem sagen. Nirgends träumt es sich so schön wie allein auf einem Berg. Eine Quelle plätschert, und ich stehe auf einer Steinplatte, die mit dem Hin-und-her-Schaukeln meines Körpers auf einem Felsblock aufschlägt und dazu eine Art Herzschlagrhythmus klopft. Der Herzschlag des Steins ist der Pulsschlag meiner Lust.

(4) Doch schon springe ich ab und betrete die Höhle in dem Felsen – da sehe ich mich als Kind spielen und lachen, laufe mit dem Hund um die Wette, meine Mutter nimmt mich in die Arme und erzählt mir eine Geschichte. Düstere Wolken ziehen auf, doch ehe ich mich fürchten kann, wischt meine Großmutter den Himmel wieder klar. Ich betrete durch eine enge Tür unseren kleinen Laden. Da stehen alte Eichenfässer

mit wohlriechenden Substanzen, überall sind Schnüre und Seile, die mein Großvater herstellt.

(3) Aber als ich genauer hinsehe, ist es gar nicht der Laden meines Großvaters, sondern eine Art Labor. Hier kann jedes Gefühl ausgedrückt, jeder Traum formuliert, jeder Gedanke in Worte gefaßt werden. Alle Möglichkeiten der Kommunikation sind hier gespeichert. Alle Materialien sind mit einem Muster vertreten. Ich spiele mit Tönen und Bewegungen, finde neue Ausdrucksmöglichkeiten und werde sehr müde.

(2) Ich gehe durch die Hintertür hinaus. In der Luft schwebt ein Sofa, mein Sofa. Darauf liegt ein afrikanischer Stoff, dessen Muster eine Botschaft ist. Ich beginne die Botschaft zu entziffern, springe auf das Sofa, lasse mich tragen und fühle mich geborgen. Plötzlich sitzen zwei Freundinnen neben mir. Wir unterhalten uns über Geld und wie wir es bekommen wollen. Ich behaupte, daß Geld überhaupt kein Problem ist. Ja, für dich! lachen sie und stoßen mich vom Sofa.

(1) Ich mache einen Purzelbaum und springe auf, wachse, werde riesengroß, durch meine Fußsohlen wachsen Wurzeln, die sich fest in der Erde verankern, mein Kopf ragt in die Wolken, und mein Geist schießt Blitze, die alle Eindrücke verarbeiten. Von weit oben sehe ich eine Wüstenlandschaft. Ich möchte dort hingehen, aber eine Stimme sagt: Willst du wirklich aus deinem Leben aussteigen? Aber warum denn? frage ich bestürzt. Weil du dich an der Schwelle zum 12. Haus befindest, sagt die Stimme. Wenn du den Schritt zurück tust, vom 1. ins 12. Haus, verläßt du die Materie, die du gewählt hast, und mußt dich neu definieren.

Und wo bin ich jetzt? frage ich.

Alle Guten Geister

Vor einigen Jahren besuchte ich eine Ausstellung im Münchner Völkerkundemuseum. Im ersten Raum waren Skulpturen der Senufo Westafrikas, im zweiten Raum australische Traumzeit-Kunstwerke zu sehen. Ich starrte auf die Tjurungas, die heiligen Steine mit ihren Mustern, die eigentlich von fremden Blicken, von uneingeweihten Augen gar nicht gesehen werden dürfen. Meine Augen wanderten an den Mustern entlang, ein Gesang entstand in mir. Hochkonzentriert folgte ich diesem Gesang, denn ich fühlte, daß er mir in diesem Augenblick gegeben wurde.

Da ging das Licht aus. Ich erschrak zuerst, weil ich dachte, ich hätte vielleicht mit meiner Konzentration auf das heilige Muster das Licht irgendwie ausgesungen. Ich blieb stehen und wartete. Alles war still. Als ich lange genug gewartet hatte, tastete ich mich zur Tür, durch den ersten Raum und zur Eingangstür. Sie war verschlossen. Jetzt begriff ich: Das Museum war geschlossen, es war halb fünf. Ich war eingesperrt. Niemand hatte mich dort bei den Steinen mit den alten Geheimnissen gesehen. Ich lachte, ein Glücksfall. Ich würde die Nacht mit den Zauberwesen verbringen. Ich setzte mich zu den Senufo-Figuren, berührte sie mit den Fingerspitzen, tanzte ein wenig, ging wieder in den australischen Raum, wo die weißen Muster auf den Steinen matt leuchteten, und setzte mich zu ihnen.

Die Dunkelheit hüllte mich ein und schärfte mein

Gehör. Es schien mir, als hörte ich Stimmen. Ich hatte den Impuls, zu rufen, auf mich aufmerksam zu machen, aber dann wurde mir klar, daß es keine Stimmen waren, eher ein Summen. Schier standen mir die Haare zu Berge, als das Summen stärker wurde, von vielen verschiedenen Seiten anschwoll und mich umkreiste. Ich entschuldigte mich für meine Anwesenheit, erklärte, was ich hier verloren und zu suchen hatte. Ich bat, mir zu verzeihen, daß ich Geheimnisse gesehen hatte, die nicht für meine Augen waren. Die Strukturen und Muster in den Steinen und den Schwirrhölzern waren Signale, Tore für die Wesen anderer Ebenen. Durch sie konnten sie mit den Menschen in Berührung kommen. Alle waren da. Im Raum nebenan rumorten die afrikanischen Ahnengeister. Ich schwitzte. Gemütlich war es nicht, so unerlaubt zwischen all diesen Geistern zu sitzen. Doch dann ließ ich mich einfach ein. Ich legte mich auf den Boden, kicherte, weil es immerhin nicht jeden Tag möglich ist, im Museum zwischen heiligen Gegenständen zu liegen, schloß die Augen und ließ das Gewirr von verschiedenen Geistwesen über mich hinwegfegen. Durch einen Spalt in der Luft drängten immer mehr Geister herein. Es wurde bedrohlich. Ich sagte laut und deutlich: Nein, ihr bleibt, wo ihr seid!

Da rief eine Stimme: Ist da jemand?

Ich dachte: Irgendwann werde ich pissen müssen, es ist vielleicht besser, ich gebe ein Lebenszeichen. Das tat ich und wurde auch prompt befreit. Oder war es eine Verbannung? Ich sah mich noch einmal um – kein Zeichen, nichts, einfach wunderschöne, leblose Gegenstände.

Ein Teil meiner Seele war mit den Geistern gewandert. Ich lief zu Hause wie ein eingesperrtes Tier hin und her. Irgend etwas mußte ich tun, um den Besuch der Geister im Museum zu einem guten Ende zu bringen. Ich legte einen Kreis aus den Steinen, die mir wichtig waren – Kristalle, ein Turmalin, ein Meteorstein, ein Granit, eine versteinerte Muschel, ein großer grüner Fluorit. Dann legte ich drei Puppen in den Kreis, die ich zu verschiedenen Gelegenheiten als Geistpuppen angefertigt hatte, holte eine Flasche Himbeergeist, nahm den Mund voll mit Schnaps und sprühte ihn auf die Steine und die Puppen.

Ja, was soll denn das? rüffelte mich die Puppe aus dem Ziegenleder eines alten Tuareg-Wasserschlauchs.

Ich dachte, Spirit für die Spirits, sagte ich, blieb mit dem Ärmel an einem Stock hängen und verschüttete den Himbeergeist.

Immer diese festgefahrenen Formen, sagte die Puppe, die ich aus alten Stoffen meiner Großmütter gemacht hatte.

Kommen wir doch zur Sache, sagte die Hirschlederpuppe nüchtern.

Ich bin schon völlig besoffen, stöhnte der Turmalin.

Ich setzte mich in den Kreis zu den Puppen und nahm einen kräftigen Schluck. Jetzt die Elementargeister rufen, dachte ich. Schon höhnte der Bergkristall aus dem Himalaya: Oder was du dir darunter vorstellst.

Wir sind dir wohl nicht gut genug? argwöhnte der Meteorit.

Der Ziegenhaarteppich mischte sich ein: Ich möchte wahrgenommen werden!

Ich nehme dich doch wahr! sagte ich.

Ja, jetzt, weil ich dir's gesagt habe, sagte der Teppich beleidigt.

Du benutzt uns, sagte der Granitstein.

Aber ich liebe euch doch auch, sagte ich.

Wenn wir dir helfen, schränkte ein Topas ein. Immer schaust du gleich, was dir nutzen kann.

Hastig bedankte ich mich, verabschiedete mich und ließ alles so liegen und stehen, wie es war.

Im Bett murmelte das Schaffell: Mach dich nur recht breit auf mir.

Ja, Entschuldigung, sagte ich aufgebracht, kann ich vielleicht nochmal ins Bett gehen?

Sicher, sagte das Schaffell, ich wollte es ja nur einmal erwähnt haben, wie selbstverständlich meine Wärme und Weichheit für dich ist.

Ich überlegte, ob ich vielleicht auf dem Boden schlafen sollte, das war ja unerträglich.

Wie lange soll ich hier eigentlich noch herumhängen? wisperte der Salbei, der an der Wand zum Trocknen hing.

Meine Güte, sagte ich, morgen häng' ich dich ab.

Alles so staubig, zischelte der Salbei.

Ich zog mir das Kopfkissen unter den Nacken und starrte an die Decke. Die Astaugen starrten zurück.

Schaut nicht so blöd, sagte ich.

Wenn du dich erst sehen könntest, sagten sie, wie blöd du schaust. Jede Nacht beobachten wir dich. Hast du mal bemerkt, wie laut du atmest, wie schwer du dich herumdrehst und stöhnst? Wenn dich jemand im Schlaf stört, hebst du den Kopf wie eine Echse, scheinbar hellwach und dabei schwach, weil du noch nicht sehen kannst...

Soweit bin ich noch nicht, daß ich mir selber zuschaue! schnauzte ich die Astaugen im Holz an. Schaut weg!

Ich löschte das Licht. Hörte ich Stimmen über dem Rauschen des Wassers? Wir kommen aus dem See, hast du uns ganz vergessen?

Gar nicht, gar nicht, beschwichtigte ich, äh, ihr lieben Wassergeister, warum bleibt ihr nicht, wo ihr seid.

Du rufst uns doch sonst immer, heute haben wir mal nichts zu tun und kommen freiwillig.

Willkommen, willkommen, murmelte ich verlogen.

Die Figur der Göttin Tara, die neben meinem Bett stand, öffnete die Augen.

Du auch? fragte ich verstört.

Alle, sagte sie. Oder was hast du gedacht?

Nur die, die ich will, und das nur gelegentlich, sagte ich.

Sobald du dich mit den alten Mustern und Strukturen beschäftigst, ziehst du uns alle an, sagte die alte tibetische Schale aus sieben Metallen. Sobald du in die Traumzeit gehst, sehen wir dich. Du wirkst wie ein Magnet, wenn du singst und rasselst und tanzt. Alle kommen. Es liegt an dir, mit uns in Kontakt zu gehen, uns zu fragen und uns um Hilfe zu bitten. Aber auch wenn du nichts von uns willst, sind wir da. Alle sind da. Es gibt auch lästige Geister, wilde Geister, verlogene Geister...

Ich überlegte gerade, wie ich sie alle trennen sollte, da wurde ich so müde, so bleischwer, daß ich wußte, ich konnte das jetzt nicht mehr lösen.

Alle sollen jetzt gehen, bitte, sagte ich wie eine Leidende. Ich bedanke mich bei allen.

Dein Wunsch ist uns Befehl, wußtest du das nicht? flüsterte es überall. Da brannte die Luft. Ich fühlte mich wie ein Kind im Schoß der Mutter. Beschützt, geliebt, gewiegt. Von allen.

Das Kosmische Wirtshaus III

Ich fiel im Traum mitten in die leere Gaststube. Was darf's denn sein, fragte mein Strohschuh.

Was machst du denn hier? fragte ich

Du hast mich gestern zur Hölle geschickt, sagte der Schuh.

Ich hab's nicht so gemeint, sagte ich.

Der Schuh wiegte sich hin und her. Da sah ich erst, daß ein Fuß drin stand. Er gehörte einem weißhaarigen dürren Mann.

Bitte, geben Sie mir meinen Schuh wieder, sagte ich.

Keinesfalls, sagte der Mann, es scheint der einzige Schuh weit und breit zu sein, mit dem ich mich über die berauschende Wirkung von Primzahlen in Rechnungsgeflechten unterhalten kann. Wissen Sie, was er mir kürzlich sagte?

Nein, sagte ich.

Er sagte, sagte der Professor, daß Zahlen verglichen mit Eidechsen leicht zu zähmen seien.

Wie kann er das gemeint haben? fragte ich

Nun, ich fragte ihn, sagte der Professor. Er meinte, daß Zahlen widerstandslos jede Rechnung mitmachen und stillstehen, noch während Armeen fallen und Menschen sterben, Zahlen lassen sich von jeder Macht benutzen, hier stapeln sie sich, dort fallen sie einfach durch, sogar unter Null.

Cool, sagte ich.

Eidechsen, sagte der Professor, verschwinden, sobald sie spüren, daß die Luft nicht rein ist. Aber erklären Sie das mal einer Fünf.

Warum gerade einer Fünf, fragte ich mürrisch, denn fünf ist meine Lieblingszahl.

Sie paßt sich scheinbar nicht an, gibt sich sperrig und ungerade, sagte er, aber wenn man sie verdoppelt oder vervielfacht, was ja an sich schon absurd ist, denn sie ist ja einmalig...

Fünf ist eine Primzahl, sagte ich. So wie siebzehn und einundsiebzig.

Was nichts beweist, sagte der Professor.

Der Strohschuh brachte einen großen Topf herein, den ich als den mir bekannten Suppentopf identifizierte.

Wer hat die Suppe gekocht? fragte ich.

Na, die Emmi, sagte er.

Das Dumme war, daß ich, als ich Emmi hörte, aus dem Traum erwachte und an die Emmi vom Gläsernen Eck denken mußte. Sie kann mit dem kosmischen Wirtshaus unmöglich etwas zu tun haben, dachte ich. Sie hat doch in ihrem Wirtshaus schon genug Arbeit. Aber als ich zum nächsten Frauenstammtisch ging, brachte sie gleich fünf Bier, und ein grauhaariger Mann mit Strohschlappen kam rein. Allerdings war Fasching.

In derselben Nacht wanderte ich auf dem mühevollsten Weg zum Kosmischen Wirtshaus. Weder im Traum noch in Trance, ich ging den ganzen Weg durch das wirre Geflecht meiner Gedanken. Nach langer Suche sah ich von weitem das Steinhaus auf der Lichtung im Bambuswald stehen. Über der Tür hing ein Schild: Alle Fünfe. Ich wußte sofort, daß die Zahl nicht stimmte. Alle... Fünfe... Ich kam nicht drauf. Ich öffnete die Tür. Südwind, Ostwind, Westwind und Nordwind saßen mitten im Raum und versuchten etwas Suppe mit Zwieback zu sich zu nehmen. Der Wirbel, der in der Mitte entstand, sah nahrhaft aus. Eine Schildkröte lief auf und ab und jammerte: Wie kann ich die ganze Erde repräsentieren, das ist mir einfach zuviel. Ein Adler putzte sich sein zerrupftes Gefieder und schimpfte, daß man ihm schon wieder zwei Schwanzfedern geklaut hatte.

Es wird wirklich Zeit, sagte das Feuer, das plötzlich in der Mitte, da, wo ich es immer haben wollte, lustig flackerte, daß mal ein Ende ist.

Wo ein Ende ist, da ist auch ein Anfang, sagte das Wasserbecken. Und umgekehrt, sagte der Holzboden.

Ich träumte eines Nachts wieder vom Changdenkönig Gyatse. Er saß auf einem Fell nahe bei einem Fluß und sang. Seine Stimme war tief, sie brachte meine Haut zum Vibrieren. Er sang irgend etwas mit „tashi“. Ehe ich mich ihm nähern, ihn etwas fragen konnte, wachte ich auf.

Im Faxgerät lag ein Fax: Hätten Sie Lust, für uns eine Reportage über Tibet zu machen?

Was ich damit sagen will?

Es ist Zeit, die Welt umzuträumen.

- Augsburg Ost / Zentrum

- Hbf

- Georg Brach Str 3

Rosenaustr nâ links

nach Pferseentunnel recht

Hbf Westl.